雨森潤奈は湿度が高い
水城水城
[イラスト]
潮崎しの
MIZUKI MIZUSHIRO
and
SHINO SHIOZAKI
presents
AMAMORI JUNNA HA
SHITSUDO GA TAKAI

「つけてあげるよ」
雨の日に
視聴覚室で
出会った
美少女
雨森潤奈
JUNNA AMAMORI

「……ん。これでよし。
じゃあ、かけるね」
「……なんで、わざわざ隣に？
渡してくれれば――」
栗本詩暮
SHIGURE KURIMOTO

「耳を綺麗にして、音楽をより
楽しんでもらうためだよ？
そう言ったじゃん」
耳掻きを指揮棒のように振り、潤奈が呆れる。

「……これは、やっぱり掃除が必要。
私の言葉が聞こえていないみたいだから。
しっかり綺麗にしてあげなくちゃ……
ってことで、寝て？」

「他人のものを
勝手に使うのはだめ……でも、
雨はざあざあ降ってるよね。
傘がなきゃ、ずぶ濡れだよね？
ってことで、詩暮」

上目遣いに俺を見上げる。
背中からギターケースが消えていた。
「……私も、入れて？」

CONTENTS

雨森潤奈は湿度が高い

水城水城

MF文庫J

口絵・本文イラスト●潮崎しの

Introduction In the Rain

雨が好きかと訊《き》かれたら、俺は「好きでも嫌いでもない」と答える。

一般的に、雨は疎《うと》まれがちだ。濡《ぬ》れるし、空気がじめじめするし、傘など余計な手荷物が増えるし、晴れならできることができなかったりしてしまう。遠足とか、体育祭とか、野外フェスとか、陸上競技とか――

「なぁ。カラオケ行かねぇ？」

六月上旬。その日は朝から雨が降っていて、グラウンドが使えない陸上部の午後練は、軽い屋内トレーニングで終わった。アルバム一枚ぶん程度の時間だ。

「栗本《くりもと》は？　どうする？」

埃《ほこり》っぽい空き教室で制服に着替えていたら、ふいに会話の矛先が向く。俺は、

「……やめとく。読みたい本があるんだよ」

「ほーん」

――『本』だけに？　雨で冷やされた空気が涼しい。

ネクタイをしめ、ジャージを丸めてエナメルバッグに押し込むと、制汗スプレーの匂いが充満する教室を出た。

「あいつ、付き合い悪いよな。なんか取っつきづれぇ感じだし……」

耳に届いた声から逃れるように、足を速める。

「…………………」

雨の日の廊下は薄暗く、静穏だ。

窓から射《さ》し込《こ》む陽光はなく、蛍光灯の青白い光がリノリウムの床を濡《ぬ》らしている。

上履きの擦《こす》れる音が降りしきる雨音に重なり、人気《ひとけ》のない空間に響いた。

この静けさと、彩度の低いフィルターをかけたような景色が俺は結構気に入っていて、だから雨は決して嫌いではない。

――まぁ、別に好きでもないけれど……。

だって濡れるし、じめじめするし。陸上部の午後練が短縮されるのは大歓迎だが、傘はやっぱり煩わしいし。髪のうねりも厄介だ。湿気を吸って重たく、反抗的になった前髪を指でなだめつつ廊下を歩き、目的の場所へと向かう。

図書室――ではなく、視聴覚室。

六時間目の授業で利用した際、読みかけの小説を置き忘れてきてしまったからだ。

奇抜な設定のミステリー作品で、トリックと犯人が明かされる直前、一番いいところで止まっている。

早く続きが読みたい俺は、足早に渡り廊下を進み、特別教室が多く集まる西棟へ。

視聴覚室は同棟の二階にあり、放課後は特に使われていないため、施錠されているかもしれない……と思うが、杞憂《きゆう》で済んだ。

すんなり開いた扉を鳴らして、中へと入る。

――と、先客がいた。

女の子が一人。窓際の奥、長椅子の端っこにぽつんと腰かけ、本を読んでいる。目線は手元に落とされたまま。よほど読書に没頭しているのだろうか、人が入ってきたことにも気づいていない様子だ。

「あの」と呼びかけ、ゆっくり近づいていく。

女の子が読んでいる小説のタイトルは『透明人間の鮮やかな殺人』――

「それ、俺の本……」

言いかけ、口をつぐんだ。

黒髪ショートボブの丸っこい輪郭を歪《ゆが》ませている、黒いワイヤレスのヘッドホン。ノイズキャンセリングでもついているのか、女の子が反応する気配は一向にない。俺は溜《た》め息《いき》を吐《つ》き、一列前の椅子に座ると、

「もしもーし？」

顔の前で手を振ってみる。伏せられていた長い睫毛《まつげ》が震え、大きな――しかしなんだか妙に眠たげな目が、俺を捉えた。瞬間、

「ひっ⁉」

びくっと肩を跳ねさせて、女の子が短い悲鳴を漏らす。

黒髪が揺れ、青紫のインナーカラーが覗《のぞ》いた。紫陽花《あじさい》を彷彿《ほうふつ》とさせる色。

「な、なんです……か……？」

かなり驚かせてしまったようだが、表情自体はほとんど変わらず、声にもまるで感情がこもっていない。人形のようだ、と思う。

顔立ちも凄《すさ》まじく整っており、肌は生まれてこのかた陽《ひ》の光を浴びたことがないんじゃないかというくらい真っ白。その完璧な造形が、人形という印象をより強くした。

つい見とれてしまいかけながらも、俺は言う。

「あのさ。それ、俺の本なんだけど」

「……？　すみません、よく聞こえないです」

「ヘッドホン」

自分の耳を、指でとんとん叩《たた》いてみせる。女の子が「ああ……」とヘッドホンを外し、首に落とした。テイクツー。

「えっと。それ、俺の本なんだけど」

「ん――」

女の子が目を伏せる。開かれた文庫本は右手側が分厚く、左手側が極々薄い。残り二〇ページもなさそうだ。

「少しだけ待ってください。読み終わる直前なので」

「——え？　あ、ああ……分かった」

さらっと告げられ、俺は咄嗟《とっさ》に受け入れてしまった。マイペースな奴《やつ》である。

「ありがとうございます」

読書に集中するためだろう、女の子が再びヘッドホンをする。そうして降りた静寂を、止《や》まない雨の音が満たした。完全な無音ではない。

だから、だろうか——この沈黙を気まずいとはさほど感じず、俺はスマホを弄《いじ》りながらのんびり、彼女が本を読み終えるのを待つ。

（…………。妙なことになったなぁ）

紙が擦《こす》れる音。眠たげな目で淡々とページを繰る女の子を横目で窺《うかが》い、俺は密《ひそ》かに嘆息をこぼした。

ネクタイの色で同じ一年生だということは分かるが、それ以外はほとんど何も分かっていない。普段滅多《めった》に利用しない場所で、見知らぬ女子と二人きり——しかも彼女は、俺が読みかけの本を楽しんでいる。事実は小説より奇なりな状況だった。

「——お待たせしました」

やがて女の子が本を閉じ、ヘッドホンを外す。読了までにかかった時間は一〇分程度。

俺はスマホから顔を上げ、問いかけた。

「感想は？」

「すごく面白かったです」

まったく面白くなさそうな真顔で、女の子は続ける。

「ユニークな設定と個性豊かなキャラクター。先が読めない展開に、タイトル通りの鮮やかなトリック……終盤のどんでん返しには驚きました。まさか叙述——ふぐっ!?」

俺は慌てて口を塞いだ。

「……待て。俺は未読だ。ネタバレするな。したら怒るぞ。分かったな?」

低い声音で確認する俺に、女の子がこくこくとうなずく。

それを見てから手を離してやると、女の子が口元に手を添え、三白眼でじとぉっと睨《にら》み上げてきた。

「……いきなりスキンシップとか。距離感バグってるんですか?」

「バグってるのは、お前の倫理観の方だ。ミステリーのネタバレは、許されざる大罪なんだよ! 最大の楽しみをしれっと奪われかけて、心臓が破裂するかと」

柔らかな感触が残る手を胸に当て、息を吐く。鼓動が速い。

「……。それはお互い様なので」

「お互い様?」

自分も心臓が破裂しかけた、と言いたいのだろうか。変化のない表情や抑揚のない口調からして、胸をドキドキさせているようには感じられないのだが。

その異様さに興味を惹《ひ》かれ、今さらながら、俺は尋ねた。

「……そういえば、まだ名前を聞いてなかったな。なんていうんだ?」

「椎名林檎《しいなりんご》です」

——嘘《うそ》つけ。と思ったが、本名の可能性も捨てきれないためツッコミは入れない。

「椎名か。俺は栗本詩暮《くりもとしぐれ》」

「くりもと、しぐれ……」

椎名（？）が舌の上で名前を転がし、首を傾《かし》げる。

「しぐれは、凛《りん》として時雨の『時雨』？」

「詩人の『詩』に、夕暮れの『暮』で、詩暮だ」

「ふーん」

まぁどうでもいいんですけど、と言わんばかりに適当な相槌《あいづち》を打たれた。

「素敵な名前ですね」

かと思ったら褒められた。無感情に。掴《つか》みどころのない奴《やつ》だ。

「——てか」

「ＴＫ？」

「ｆｒｏｍ　凛として時雨じゃないから」

「Ｔａｋａ？」

「ワンオクでもないんだよなぁ」

俺は無表情のままボケを重ねる女の子に苦笑し、

「バンドしてるのか、椎名さん。軽音楽部？」

立てかけられたギターケースを見やる。ファスナーに、蛙《かえる》のキャラクターが吊《つ》るされていた。色は蛙らしい緑ではなく、彼女が髪の裏に入れているカラーと同じ青紫だ。

「いいえ」

平坦《へいたん》な声で否定し、女の子が首を振る。

「この高校に、軽音楽部はなかったはずです。あっても入りませんけど。私が所属してるのは……………………『鬱ロック愛好会』です」

「嘘《うそ》つけ。今考えただろ？　初めて聞いたぞ、そんなもの」

眉をひそめる俺に、女の子が「でしょうね」と肩をすくめた。前髪を弄《いじ》りつつ、

「部員は私一人だけです。マイナーなジャンルですので、知らなくても無理はないかと。放課後はここで活動していますけど、同好の士以外の立ち入りは――」

「ああ、いや。そっちは知ってるよ」

「へ？」

「シロップやアートスクール、ピープルやノベンバ……最近のバンドだと、YOHILA《ヨヒラ》みたいな音楽のことだよな。鬱ロックって」

その発言を、聞いた瞬間。

「……っ！」

眠たげだった女の子の目が見開かれ、澄んだ瞳の中で光の波が揺らめいた。分厚い遮光カーテンの向こう、窓ガラスを叩《たた》く雨音が強まる。

「…………あ……えっ、と……」

やがて漏れ出た彼女の声音は、雨の音にすら掻《か》き消《け》されそうなくらいか細く、儚《はかな》げで、繊細なアルペジオのように美しかった。

「――好き、なんですか…………?」

雨が好きかと訊《き》かれたら、俺は「好きでも嫌いでもない」と答える。これは、そんな俺が『雨』を大好きになるお話だ。

1　雨が降る放課後、ふたり

——雨森潤奈《あまもりじゅんな》というらしい。

『雨』に『潤』う。俺が『同好の士』であることを知った彼女が明かしてくれた本名は、今日の天気にぴったりだった。

降りしきる雨の音。しっとりとした空気の重みが心地好《ここちよ》い。

お互い好きな音楽の話でひとしきり盛り上がった後、俺は壁の時計に目を向けた。気がつけば、あっという間に三〇分が経過している。

「雨森はさ」

「潤奈でいいよ？　詩暮《しぐれ》」

視線を戻すと、雨森の顔がすぐ近くにあった。

俺は「うぉっ⁉」とのけ反りながら身を引くのだが、雨森は眉一つ動かさず、

「私、名前で呼んでるし……詩暮っていう名前、好き」

などと言い放ってくる。恥ずかしげもなく好きと告げられ、俺はますますたじろいだ。

視線ごと顔を背け、頬《ほお》を掻《か》く。

「お、おう……」

「おうじゃなくって」

「……ありがとう？」

「でもなくて」

雨森の視線は微動だにせず、俺の横顔をじぃいいっと注視し続けていた。その直向《ひたむ》きな眼差《まなざ》しを受け、俺は彼女が求めているであろう答えを口にする。

「……潤奈」

「ん」

雨森──潤奈が小さくうなずいた。正解らしい。そしておもむろに、

「詩暮は？」

「ん？」

「私の名前、好き？」

と問いかけてきた。身を乗り出して開いたぶんの距離を詰め、俺の瞳を覗《のぞ》き込《こ》むようにしながら。俺は呼吸を止める。逃れられない。

「あ、ああ……好きだよ？　字面《じづら》も響きも、綺麗《きれい》だと思う」

「ん……」

俺の答えを聞いた潤奈が目を瞬《しばたた》き、視線を泳がせてから伏せた。身を引き、椅子に座り直してぼやく。

「……好きだとか綺麗とか、恥ずかしげもなく言わないで」

「こっちの台詞《せりふ》だ、無感情ガール」

恥ずかしさなど微塵《みじん》も感じられない潤奈《じゅんな》にツッコみ、俺は呆《あき》れた。

無表情のままボケるのが、こいつのスタイルだったりするんだろうか。無回転シュートみたいな。

「――それで？　何？　何か言いかけていたよね」

「え？　ああ、えっと……」

記憶を巻き戻す。呼び方に関するやり取りの前――

『雨森《あまもり》はさ』

「潤奈はさ。なんで鬱ロックが好きなんだ？」

なんともなしに、訊《き》いてみた。

「鬱ロックが流行したのなんて、ひと昔前だよな」

鬱ロックという呼称が生まれ、隆盛を極めたのは一九九〇年代から二〇〇〇年代初頭にかけて。現在も鬱ロックの定義に当てはまりそうな音楽やバンドは多く存在しているが、ジャンルを表す単語としてはほぼ死語だと言っていい。

「なのに、どうして？」

「………」

潤奈の返答はない。視線も逸《そ》らされていた。

「俺は、ＹＯＨＩＬＡ《ヨヒラ》がきっかけなんだ」

だから代わりに言葉を続ける。立てかけられたギターケースを見ながら、

「知ったのは、中三の冬。動画サイトで曲を漁《あさ》っていたら、偶然見つけて……一発で聴《き》き惚《ほ》れた。あのときの衝撃と興奮は、今でもはっきり憶《おぼ》えているよ」

ＹＯＨＩＬＡは『新世代の鬱ロック』をキャッチコピーに掲げたバンドだ。

独特の感性で綴《つづ》られる昏《くら》い詞に、重く歪《ひず》んだギターサウンド。憂いを帯びたウィスパーボイスでありながら、ときに感情剥《む》き出《だ》しのエモーショナルなボーカルが特徴で、ネット上の若者を中心に支持されている。新進気鋭のインディーズ・ロックバンド。

「詞も、曲も、声も、全部が全部、最高で……世界観は昏いんだけど、だからこそ刺さるというか。響くんだよなぁ。ひねくれ者の、擦れた心に」

話しつつ、俺はここへ来る前に交わした、陸上部員とのやり取りを思い出していた。

したくないことをしたいと言えない。周りの好きに合わせられない。空気は読めても、読んだ空気に流されることができない——そんな偏屈さから、日々少しずつ、澱《おり》のように溜《た》まった憂鬱。不満。やるせなさ。苛立《いらだ》ち……。

仄昏《ほのぐら》くネガティブな感情を、ネガティブなまま唄《うた》ってくれるから、俺はＹＯＨＩＬＡが好きだ。マイナスにマイナスをかけ合わせるとプラスになるように、後ろ向きだった気分を前向きにしてくれる。

「…………。ＹＯＨＩＬＡが、好き？」

うつむき、黙りこくっていた潤奈が面を上げた。前髪の隙間から上目遣いに俺を窺《うかが》い、おずおずと訊いてくる。

「本当に？」

「ああ。大好きだ！」

俺は拳を握り、力強く答えた。

「……なら、テスト」

潤奈《じゅんな》がスッと立ち上がる。俺に背を向け、席を離れて、ギターの下へ向かった。

ファスナーに吊《つ》り下《さ》げられている青紫の蛙《かえる》を掴《つか》み、肩越しに振り返って告げる。細められた半眼で、挑むように俺を見据えて、

「YOHILA《ヨヒラ》の楽曲イントロクイズ。全問正解できたら、いいよ。詩暮《しぐれ》の気持ちが本物だって、認めてあげる」


「『紫陽花《あじさい》と亡霊』」

「……正解」

俺の解答を聞いた潤奈が、こくりとうなずいた。

フィンガーボードに指を走らせ、涙型のピックで弦を鋭く爪弾《つまび》いて、滑らかにフレーズを変化させる。ミニアンプで増幅され、エフェクターで装飾されたエレクトリックギターの音が、雨音を掻《か》き消《け》して響いた。

「これは？」

「『レイン、ルイン、レイン』」

「――ん。正解……」

即答する俺に対して潤奈がうなずき、次の問題を考えながらAメロを弾く。

サーフグリーンのボディを太ももの上に乗せ、ギターを奏でる潤奈の姿はずいぶん様になっていた。門外漢の俺でもはっきり分かるほど上手《うま》い。

鮮烈な指使いから紡ぎ出される電気の旋律が、雨で湿った空気と俺の鼓膜を痺《しび》れさせて震わせ、防音のため壁に開けられた無数の孔《あな》へと吸い込まれていく。

「……次はこれ。分かる？」

「『イエロウフロッグ』」

「うん、正解。シングルじゃない曲も演《や》ろっか。これとか」

「『上澄み』」

「せ、正解……うーん、じゃあ最後。アルバム未収録の、カップリング曲なんだけど……さすがに難しいかなぁ」

「『冷めてしまったホットケーキの自己同一性《アイデンティティー》』」

「…………むぅ」

荒々しいギターリフとは対照的に落ち着いた、潤奈の無表情。その顔がしかめられる。

俺が答えた後も、演奏は続けられたままだ。

手元から視線を上げて、潤奈《じゅんな》がじっと俺を見つめた。

俺は黙って見つめ返す。

「──正解」

潤奈が嘆息し、演奏の手を止めた。静寂と雨の音が取り戻される。

「まさか本当に、全問正解されるとは思わなかった……」

潤奈の声は相も変わらず、凪《な》いだ水面のように平坦《へいたん》だ。ただ、

「ちゃんと聴いてるんだね」

呟《つぶや》く彼女の口元は、微《かす》かに──けれど確かに緩み、柔らかな笑みの形に変化していた。

分厚い雨雲の切れ間からふいに注いだ、眩《まぼゆ》い陽射《ひざ》しのような微笑《ほほえ》み。それは、俺が潤奈と出会ってから初めて目にした、表情らしい表情で。

「あのさ」

俺は思わず口を開き、訊《き》く。

「潤奈って──」

直後、天井近くに設置されているスピーカーから、耳障《みみざわ》りな電子音が溢《あふ》れた。最終下校時刻を報《しら》せるチャイムだ。

弦を丹念に拭き上げていた潤奈が手を止め、時計を見やる。針は一八時を指していた。

クロスをたたみ、ギターのネックを掴《つか》んで立ち上がる。

「時間。帰らなきゃ……」

「あ、あのさ！」

ギターやアンプ、シールドコードなどの機材を手早く片づける潤奈に、俺はかけるべき言葉を選んだ。潤奈がちらりと俺を窺《うかが》う。

「……連絡先、交換しないか？」

遠慮がちに切り出してみた。

潤奈の反応はない。俺は沈黙を埋めるように続ける。

「もっと色々話したいし。音楽のことだけじゃなく、本のこととか。この小説の感想も、俺が読み終わったら改めて──」

「ごめん」

俺の言葉をさえぎって、潤奈がギターケースのファスナーを閉めた。ストラップを肩にかけ、立ち上がる。

「LINEやってないから」

「──え？　あ、ああ……そうか」

戸惑っている俺に背を向け、ギターを担《かつ》いだ潤奈がそそくさと歩き始めた。青紫の蛙《かえる》が揺れる。雨がにわかに強まったような気がした。

「………………」

そのまま無言で、うつむきがちに教室の出口へ向かう。そして扉を開き、何も言わずに立ち去ってしまう──かと思いきや。

「詩暮《しぐれ》」

直前で足を止め、振り向いた。眠たげな双眸《そうぼう》が俺を捉える。

「またね」

「……ッ⁉」

驚く俺からふいっと視線を外して、潤奈《じゅんな》が今度こそ教室を出た。

廊下をぺたぺたと踏む足音が遠ざかり、後には窓ガラスを打つ雨音と、呆気《あっけ》に取られた俺だけが取り残される。

「……。えぇっと」

後頭部を掻《か》き、俺はぼやいた。

「LINEやってないって、お決まりの嘘《うそ》……断り文句じゃないのか？　またねっていうことは、また話したいって思ってくれてるんだよな？」

机の上には発端となった忘れ物の小説。それを手に取り、苦笑した。

「分かりにくい奴《やつ》……」

無表情で、感情が読めなくて、距離が開いていたかと思えば、一気に詰めてくる。掴《つか》みどころはないけれど、それが無性に心を掴む。変わった女の子。

──また会えるだろうか。

世界を包む雨の音に耳を澄ませ、潤奈が鳴らしたギターの余韻に浸りながら、俺は明日《あした》も雨が降ったらいいなと思った。

翌日は清々《すがすが》しいほどの晴天だった。ソーダのような青空に、山盛りの生クリームみたいな入道雲が浮いている。

晴れなので当然、陸上部の午後練は放課後みっちり行われ、熱い陽射《ひざ》しが注ぐ空の下、俺は汗だくになりながらグラウンドを走り回った。

地面はとっくに乾いていたが、雨の名残か空気は重く、蒸し暑い。雨は好きでも嫌いでもないが、雨の翌日はたぶん嫌いだ。暑い時期なんかは特に。

「お疲れー」

配信者や流行《はや》りの曲の話で盛り上がり、SNSのショート動画を撮影し始める陸上部の奴《やつ》らと別れ、足を向けたのは西棟の二階。視聴覚室だ。

時刻は既に一七時半を過ぎ、特別教室が連なる校舎に人気《ひとけ》はほとんどなかった。四階の音楽室で活動している、吹奏楽部の生徒だろうか——黒い楽器ケースを携えた女子生徒の集団が、階段を降りてきて擦れ違う。

俺は潤奈《じゅんな》のギターケースを連想し、彼女に再び会えることを期待しながら、視聴覚室の扉に手をかけた。だが、

「……。閉まってる」

扉は施錠されており、ノックしてみても反応はない。扉の窓に引かれたカーテンの隙間から、様子を窺《うかが》う。電気は消えているようだった。潤奈はいない。

「まぁ、そうだよな……」

俺は落胆の溜《た》め息《いき》を吐《つ》くと、ワイヤレスのイヤホンを取り出し、耳にねじ込む。YOHILA《ヨヒラ》の1stミニアルバム『台風の眼《め》が君を視《み》ている』を一曲目から再生し、雨音のない静寂を音楽で塗り潰してから、踵《きびす》を返した。西陽《にしび》が射《さ》し込《こ》む廊下を眩《まぶ》しく思うのは、俺の心が雨の日にあるからだろう。


――明日《あした》こそ雨が降りますように。


紅《あか》く染まり始めた空を仰いで、俺は祈った。しかし翌日も、その翌々日も、天気は六月らしからぬ快晴。あれ以来、潤奈とは一度も会えていない。

どうやら俺と潤奈の生活リズムは、俺の部活が休みのときだけ――つまり放課後、雨が降る日にだけ重なるらしいのだ。

「次に雨が降りそうなのは……月曜。遠いな」

天気予報にずらっと並んだ晴れのマークに、顔をしかめる。

梅雨入りはまだしていないんだったか。出会いの日からもう三日。土日を挟めば一週間近くも、彼女と会えないことになる。

「……雨の日なら会えるっていう確証もないけど」

こんなに雨が待ち遠しいのは、生まれて初めてのことかもしれない。

てるてるぼうずの逆バージョンって、あるのかな——と考えながら、夕焼け色に染まる乾いた街を歩いて帰路《きろ》についた。

☂

てるてるぼうずを逆さに吊《つ》るすと、雨を願うふれふれぼうずになるのだという。

その願いが通じてくれたのか、月曜日は土砂降りだった。

朝、目覚めたときからざあざあと激しい雨音がしており、俺は自室のカーテンレールに逆さ吊りされているのっぺらぼうのふれふれぼうずに、心の中で礼を言う。

てるてるぼうずもふれふれぼうずも最初は顔を描かずに吊るし、無事願いが叶《かな》ったら、顔を描くのが正しいやり方らしい。

そして、即座に処分する。なんだか薄情だ。

「願いは……まだ叶ってないし、このままにしておくか」

俺の願いはこの雨が降り続いてくれることと、放課後の視聴覚室で潤奈《じゅんな》に会えることである。というわけで、のっぺらぼうのふれふれぼうずを吊るしたまま、家を出た。透明なビニール傘を雨粒が叩《たた》き、打楽器のような音を奏でる。

傘をしっかり差していても体が濡《ぬ》れ、染み込んだ雨水で靴の中がぐしょぐしょになってしまうくらいの大雨だ。陸上部の朝練はない。このぶんだと午後も中止か、屋内の簡単なトレーニングで済むだろう。いよいよ、潤奈に会えるかもしれない。

果たして——

——放課後。雨は止《や》むことなく勢いを増しており、午後練がなくなると、俺は真《ま》っ直《す》ぐ視聴覚室へ向かった。小窓がカーテンで塞がれている扉に手をかけ、深呼吸をしてから、意を決して開く。鍵はかかっていない。

室内は明るく、電気が点《つ》けられていた。奥に目をやる。

真っ白い素脚が見えた。

「……潤奈？」

反応はない。恐る恐る、近づいていく。

「…………………………」

潤奈だ。裸足《はだし》を机の上に投げ出し、横にしたスマホの画面をじっと見ている。耳には、黒いヘッドホン。音楽を聴いているのか、微《かす》かに音が漏れていた。

例のごとく、まったく気づいていない。

(ちょっと驚かせてやるか)

いたずら心を覚えた俺は、存在を気取《けど》られないように気をつけ、潤奈の背後から迫る。

スマホでは、アニメ調のＭＶ——ずっと真夜中でいいのに。の『Ｈａｍ』という楽曲。

意味は『He and me』――が再生されており、胸の上に乗せられていた。華奢《きやしゃ》な体躯《たいく》に似つかわしくない、たっぷりとしたボリュームの膨らみに。

さらに視線を上へと移動させれば、お行儀悪く投げ出された素脚が目に入る。

むっちりとした白い太もも。

胸と同じく、そこだけやたら肉づきがいい。だらしない体勢のせいで短いスカートの裾がめくれ、艶《つや》やかな柔肌の半分以上が露《あら》わになっていた。

両足とも靴下は履いておらず、足先では桜貝のような淡いピンクの綺麗《きれい》な爪が蛍光灯の明かりを弾《はじ》き返《かえ》している。

おまけになぜか、潤奈《じゅんな》の衣服や肌はほんのり濡《ぬ》れていた。潤奈の体から立ちのぼる雨の匂いと仄《ほの》かな甘い薫り、匂い立つような色香に頭がくらくらとする。

俺はごくりと唾を呑《の》んでから手を伸ばし、

「――おい」

潤奈の肩をぽんぽんと叩《たた》いた。

「ひっ⁉」

すると潤奈は大げさに、肩をびくんっと跳ねさせて、

「えっ、ひゃあぁっ！」

驚きのあまり、俺のことを振り返る途中で椅子から転げ落ちてしまった。

スマートフォンが投げ出され、カーペット敷きの床に転がる。

スカートがひるがえり、目を見開く俺の瞳に一瞬、見てはいけないものが映った。

「…………ハッ⁉　じゅ、潤奈！」

しばらく固まった後、慌ててしゃがみ込む俺を、潤奈がぽか〜んと見る。ヘッドホンを外し、二度三度とまばたきをしてから、俺の名前を呼んできた。

「──詩暮《しぐれ》？」

「わ、悪い！　そこまで驚かせるつもりは……怪我《けが》してないか？」

「……うん、平気」

気遣う俺に潤奈が答え、もじもじとする。右手で髪を、左手でスカートの裾をしきりに整えながら、

「油断してた……もう、来ないかと思ってたから」

小さくぽつりとこぼされた言葉に、俺は「──え？」と呆《ほう》けた。しかしすぐさま潤奈の心情を理解し、落ちたスマホを拾い上げつつ、事情を話す。

「俺さ、陸上部なんだよ。グラウンドが使えない雨の日以外は、がっつり午後練があるんだ。あれ以降、晴れの日が続いてただろ？　だから来られなかっただけ。それでも一応、練習終わりに覗《のぞ》いてたんだけど」

放課後の視聴覚室で、潤奈の姿を見かけることはなかった。

口ぶりからして、晴れの日も来ていたのだろうが、部活が終わって俺が訪れる時間には帰ってしまっていたのだろう。やはり晴れの日はリズムが合わない。

「……ん。そうだったんだ」

潤奈《じゅんな》が納得し、俺の手からスマホを受け取る。スマホには、デフォルメされた蛙《かえる》の形をしている、青紫のシリコンケースがつけられていた。

それを胸に抱き、潤奈が呟《つぶや》く。

「よかった」

潤奈の声は平坦《へいたん》で、最初に驚いて以降、表情らしい表情もない。だが、顔が耳まで真っ赤になっていた。

理由はたぶん——

「……てか、潤奈はなんで雨に濡《ぬ》れてるんだよ」

視界の端に映るものを見ないようにしながら椅子に座って、問いかける。

「外にでも出てたのか？」

「ん。出てたというか……」

潤奈が元の位置、俺の一列後ろに座り直した。机の上に脚を投げ出す座り方じゃなく、脚をぴったり閉じて、きちんと。

「今さっき、学校に来た」

「……今さっき？　もう放課後だけど」

それだけ遅刻するんだったら、もはや休めよ——と思うが、もし潤奈が休んでいたら、こんな風に会えなかったわけで。

　──潤奈も俺に会えるのを期待して、わざわざ来てくれたのか？　と冗談めかして尋ねようとして、思《おも》い留《とど》まる。自意識過剰すぎるだろう、と。

「理由は寝坊」

「寝坊かよ」

「ロックでしょ？」

「──って言えば、なんでも許されると思ってるだろ」

「ギターが濡れないようにするとさ」

　潤奈がしれっと話題を逸《そ》らした。傍《かたわ》らの壁には、黒いソフトケースに収められたギターが立てかけられている。

「自分の体が濡れちゃうの。全身びょしょ濡れ」

「なるほど。だから靴下を脱いでるんだな」

「そう。靴下を、脱いで乾かしてるの」

『を』の部分にアクセントをつけて、潤奈が大きくうなずいた。

　俺は潤奈から顔を背けて、先ほど潤奈が椅子から転がり落ちたとき垣間見《かいまみ》えたものと、斜め上方にあるものから意識を逸らそうと努めた。

　激しい雨の音がなければ、鼓動の音が聞こえていたかもしれない。むっつり黙り込んだ俺に、潤奈が身じろぎする。

「く、靴下以外は脱いでない……から……」

靴下と一緒にカーテンレールに引っかけられた淡い青紫色の下着には、気づかないふりをした。

潤奈《じゅんな》がちらちら視線を向けている先。

——そこ、強調しすぎるなって。

☂

「じゃあ、俺そろそろ帰るわ」

最終下校時刻を報《しら》せるチャイムが鳴り響く前、一七時半を過ぎたところで、俺は言う。

潤奈が「……ん」と演奏の手を止め、ドラムマシンのアプリを表示させているスマホで時刻を確かめた。

「……もう、こんな時間」

メトロノームのように一定のリズムで吐き出され続けるドラムの電子音が止《や》み、訪れた静寂を雨の音が満たす。雨脚はだいぶ弱まっていた。これならば、さほど濡《ぬ》れずに帰れるだろう。

「詩暮《しぐれ》——」

立ち上がろうとする俺の袖をつまんで引き止め、潤奈がじぃっと見つめてきた。

そのまましばし、言葉を選ぶように押し黙ってから、

「……また、雨の日に」

と言って指を離した。俺は微笑《ほほえ》む。

「……おう。また、雨の日に」

こうして口にしてみると、改めて不思議な関係だった。雨が降る放課後にだけ、灰色に沈んだ校舎の片隅でひっそりと会い、交流をする。

好きな音楽の話をしたり、本の感想を語り合ったり、潤奈が奏でるギターを聴いたり。雨の音に包まれながら二人で過ごす時間は楽しく、穏やかで、ひどくゆったり流れていくのだが、振り返ればあっという間だ。

「次回は『雨に関する曲のイントロクイズ』しようね」

「雨に関する……ｃｏｌｄｒａｉｎとかａｍａｚａｒａｓｈｉとか？」

「それは曲じゃなくてバンド名でしょ。ａｍａｚａｒａｓｈｉなら『雨男』とかだよ」

「なるほど。ヨルシカの『雨とカプチーノ』とか、アジカンの『迷子犬と雨のビート』とか、ＵＮＩＳＯＮの『水と雨について』とか——」

「うん」

「Ｃｏｃｃｏの『Ｒａｉｎｉｎｇ』とか？」

「うん……う～ん？　タイトルは雨だけど、歌詞は晴れのイメージが強いよね」

「レミオロメンの『雨上がり』とか」

「上がっちゃった……」

「最後は『虹』でしめたいな」

「虹って、どの『虹』？　ＥＬＬＥ？　ＳＰＹＡＩＲ？　フジファブリック？」

「真空ホロウ」

「好きだね、鬱ロック。私『被害妄想と自己暗示による不快感』のイントロ、好きー」

放ったネタをことごとく、全部きっちり拾ってもらえるのが嬉《うれ》しく、頼もしい。

俺と潤奈《じゅんな》は音楽を始めとした趣味嗜好《しこう》が似通っていて、好みが合っているからなのか、お互いやけに息が合うのだ。

『音楽の趣味が合う人とは、大体、他のことも合う』

――というのは、潤奈の見解である。

「風邪引くなよ」

一言かけて立ち上がり、俺はエナメルバッグを担《かつ》いだ。

潤奈の衣服はすっかり乾いていて、このぶんならカーテンレールに干されているものも問題なく穿《は》けるだろう。ギターのボディでしっかりスカートを押さえた潤奈が「うん」とうなずいた。

「詩暮《しぐれ》こそ。ああ、でも詩暮なら大丈夫かな」

「……どういう意味だ？」

「馬鹿は風邪引かないっていう意味」

「馬鹿って。成績なら俺、結構いいぞ？」

連休明けに行われた中間テストでは、五教科の総合で一六位（三二〇人中）と、中々の結果を出している。

潤奈が「ガーン……」とショックを受けた。棒読みだったが。

「お、同じだと思ってたのに……裏切られた……鬱……」

「……もしかして悪いのか？　成績」

「全教科、赤点ギリギリ。三一九位。ギリギリ、ビリじゃない」

「……今度、勉強会しよう」

「おねがい」

切実だった。本気で危ないのかもしれない。

「ギターで集中できる音楽弾くから……」

「『お勉強しといてよ』」

「それは、ずとまよの曲。けどずっと真夜中だったらさ、一夜漬けでも楽勝だよね？」

「『お勉強しといてよ』」

「リピート再生しないでよ……」

などと漫才じみたやり取りを続けていたら一生帰れないため、俺は「なら、再生停止」と無理やり会話を打ち切り、出口へ向かった。

閉めきられていた扉を開け、振り返る。

「またな」

「うん。またね」

潤奈《じゅんな》がひらひらと手を振ってきた。眠たげな目で、無表情に。相変わらず、感情が読みにくい奴《やつ》だが――

(明日《あした》も、雨が降りますように)

俺が心の中で呟《つぶや》いたのと同じ願いを、変化に乏しい顔の下、彼女も密《ひそ》かに抱いてくれていたらいいなと思う。

Interlude　Wet Reverb Heart

夜。寝静まった街を叩《たた》く雨音のリズムに、鼻歌が重なる。

私──雨森《あまもり》潤奈は、いつになくご機嫌だった。ベッドの縁に腰かけて、体を左右にふらふら揺らしながら『作業』を進める。

脳内に浮かぶのは、最近出会った男の子の姿。

パーマなのか地毛なのか、うねりが強い黒髪は全体的に軽く、けれど前髪だけは重めにカットされていて、よくも悪くもクセのない顔立ちをしている。

体は華奢《きやしや》に見えるけど、運動部に所属しているらしいので、実は無駄なく引きしまってたりするのかもしれない。私がうっかり小説のネタバレをしかけたとき、唇に触れてきた彼の手は硬く、ひんやりとしていた。

手が冷たい人は心が温かいっていうのは、本当なのかな。彼のことを想《おも》うと、胸がじんわり温かくなる。


私の『好き』を『大好き』だと言ってくれた、彼──

鼻歌のメロディーが変化する。それに合わせ、私は作業の手を速めた。

丸めたティッシュを黒い布で包み、くるりとねじって、紐《ひも》で括《くく》る。ティッシュじゃなく黒い布を使っているのは、その方がより効果が高いみたいだからだ。

白の反対は黒、晴れの反対は雨。てるてるぼうずを逆さに吊《つ》るして雨を希《こいねが》う、ふれふれぼうず。私は鼻歌を唄《うた》いながら、完成した黒いふれふれぼうずをカーテンレールに吊るし終えると、一息吐《つ》いた。鼻歌を止《や》め、

「――ん。いい感じ……けど、少し作りすぎちゃったかな？」

眼前の光景を眺める。青紫色のカーテン。その上には、ふれふれぼうずの黒い影が隙間なくずらぁああっと並んでいた。全部で三〇体くらい。だけどまぁ、これだけ作れば、明日《あした》も雨が降り続いてくれるはず。くれるよね？

「さて、と――」

そうして作業を終えた私は、別の作業に入る。スマホでしていた録音を止め、デスクに座って、パソコンに向かった。

ヘッドホンをすると、雨音が遠ざかり、世界からノイズが消える。それでも、溢《あふ》れ出《で》てくる旋律が止《や》むことはなかった。

願わずにはいられない。

（明日も、土砂降りでありますように）

2　ミステリアス・ロンリーガール

雨粒が窓を打つ。空気はじっとり湿って重く、肌にまとわりついてくるようだ。連日の雨、しかも土砂降り。雨が嫌いじゃない俺でも辟易《へきえき》しそうな天気だったが、灰色の暗い空とは対照的に、俺の心は晴れやかだった。

雨なので陸上部の朝練もなく、早い時間に登校した俺は自席で文庫本を広げる。

タイトルは『戀《こい》するロイコクロリディウム』——

ジャンルは恋愛小説だった。先日読み終わったミステリーが面白かったため、同じ著者の作品で評価が高いものを選んだのだ。それがたまたま、恋愛小説だっただけ。潤奈《じゅんな》との出会いは関係ないし、雨で彼女に会えるからといって、朝っぱらから浮かれているわけでもなかった。

物語の甘ったるさをコーヒーの苦味で中和し、頬《ほお》を緩める。

「おはよう。今朝は珍しくご機嫌だね、詩暮《しぐれ》」

と、声をかけてくる者がいた。

俺のような癖っ毛ではなく、わざわざ美容院でパーマを当てて明るく染めた茶髪に中性的な顔、一八〇センチ近い長身の細っこい男子。クラスメイトの久住陽次郎《くずみようじろう》だ。濡《ぬ》れた鞄《かばん》を机に置いて、気障《きざ》ったらしく髪を掻《か》き上《あ》げる。

「連日の雨、それも篠突《しのつ》くような大雨だっていうのにさ……朝練がなくなって、そんなに嬉《うれ》しいのかい？」

変に気取った胡散臭《うさんくさ》い喋《しゃべ》り方と無礼なくらいあけすけな態度が、この男の特徴だった。最初の席順が前後だったことに加え、連休明けの席替えでもすぐ近くになったことから、俺がクラスで最も頻繁に絡む相手だ。

「まぁ、そうだな。それもある」

本を閉じ、読書モードから雑談モードに切り替える。気づけば俺が登校してから三〇分近く経《た》っており、教室内は朝練を終えた生徒たちで賑《にぎ》わっていた。

ちなみに陽次郎《ようじろう》はバスケ部、練習場所は体育館なので、雨でも朝の練習がなくなることはない。

「それ『も』？」

陽次郎の眉がぴくんっと動く。

椅子をずずずっと移動させ、近づいてきた。

「ってことは、他にも理由があるんだね。普通に、今読んでる本が面白いとか？」

「それもある」

「また、それ『も』!?　ご機嫌な理由多いな！」

陽次郎のリアクションは大きい。あごに手を添え、考える。

「……なんだろう。雨に濡《ぬ》れた可愛《かわい》い女の子の下着が透けていたとか？」

「満員電車で可愛い女の子と密着できたとか？」

「違う」

「可愛い女の子と——」

「違う」

「推理の引き出し少なすぎだろ」

「知り合えたとか？」

「…………」

　俺は黙って視線を逸《そ》らした。陽次郎が「えっ」と目を剥《む》き、身を乗り出してくる。俺の机に手をついて尻を跳ね上げ、

「まさかの正解!? 可愛い女の子と知り合えたのかい、詩暮《しぐれ》ぇぇぇえっ！」

「声が大きい」

　喚《わめ》く陽次郎を諫《いさ》める。教卓のそばで談笑していた運動部の女子グループが、ちらりと俺たちの方を見た。陽次郎がひそひそと訊《き》いてくる。

「……どんな子？」

「どんな子、か……」

　俺は潤奈《じゅんな》の姿を思い浮かべ、答えた。

「髪型は黒のショートボブで、青紫のインナーカラーが入ってる」

「へぇ。個性的だね。他には？　身長とか、バストとか」

「……バストは知らん。身長は一五〇センチ前半……髪色以外で目立つ特徴を挙げると、黒いワイヤレスのヘッドホンをしていて、ギターケースを背負ってる」

「へぇ！　音楽をしてるんだ？」

「うちの生徒で、同じ一年なんだけど」

いったん言葉を止めてから、問いかける。

「知らないか？」

陽次郎《ようじろう》は俺よりも遥《はる》かに交友関係が広く、ミーハーで、校内の事情に詳しい。とりわけ美少女には目がなく、潤奈《じゅんな》のことも把握しているだろうと思ったのだが。

「……。知らないね」

陽次郎が眉をひそめる。指でこめかみをとんとん叩《たた》き、

「青紫のインナーカラーに、ギターケース。それだけ分かりやすい特徴があるなら、注目されるはずなのに。インカラだから気づかないだけ？　ギターも、バンドやってる人らはいるし。実はそんなに美少女じゃなくて、詩暮《しぐれ》の好みが変わってるだけの可能性も――」

「ない」

陽次郎の発言を、俺は即座に否定した。潤奈は一〇〇人中一〇〇人が口を揃《そろ》える美少女だ。俺の好みが大衆とズレているのは否めないが。

「……あ、うん。詩暮がそこまで断言するなら、きっとそうなんだろうね。だとすれば、尚《なお》さら妙だな。僕のこの目が美少女、それも同じ学校の子を見逃すはずが……」

「雨森《あまもり》潤奈って子だ」

「あまもりじゅんな？　聞いたことないなぁ」

陽次郎が腕を組む。そして、

「おーい、晴風《はるか》ぁ！」

声を張り上げた。教室前方、雑談していた女子グループの一人が反応し、訝《いぶか》しげな目を向けてくる。

「……何よ？」

「ちょっとこっち来て。こっち！」

「はぁ？　だる……」

手招きする陽次郎に、呼ばれた女子が毒づいた。

山田《やまだ》晴風。テニス部に所属する、陽次郎の幼なじみだ。高い位置で結わえられたポニーテールを揺らし、切れ味鋭い目を眇《すが》めて、長い脚でずかずかと近づいてくる。

「何？」

眼差《まなざ》しと同様、声の圧が強い。しかし陽次郎は怯《ひる》むことなく、

「あまもりじゅんなっていう子、知ってる？　うちの一年」

と尋ねた。山田の表情が険しさを増す。

「や、知らないけど……口説こうとでもしてるわけ？　クズ次郎」

「僕じゃなくて、詩暮がね」

「えっ」

剣呑《けんのん》に細められた目を丸くして、山田《やまだ》が俺の方を見た。

「……栗本《くりもと》くんが？」

「珍しいだろ？」

「うん、珍しい。てか意外。栗本くんって、女の子に興味あるんだ……？」

「そりゃ俺だって、年頃の男子だからな」

驚く山田に、俺は呆《あき》れる。陽次郎《ようじろう》の幼なじみで同じクラスということもあり、山田とは何度か話す機会があったが、そんな印象を抱かれていたとは。

「……クズ次郎ほど節操がないわけじゃないけど、まぁそれなりに？」

クズ次郎とは、陽次郎の渾名《あだな》だ。山田いわく陽次郎は昔から女好きの女たらしで、中学のとき四人の女子を同時に口説いたことから、その名がついた。クズは『久住《くずみ》』のクズである。

「あはっ、そっか。クズじゃないなら安心だ」

口を押さえてくすくす笑う。

山田の当たりが強いのは陽次郎のようなクズに対してだけであり、基本は明るく朗らかな、話しやすい女子だった。澄んだ瞳を好奇心で光らせ、机の前にしゃがんで俺と目線を合わせる。

「――で？　お年頃の栗本くんは、どんな子を口説こうとしてるの？」

潤奈《じゅんな》が雨の曇天だとしたら、山田は雲一つない晴れた青空を連想させる。

俺は陽次郎に負けず劣らず顔が広い山田に潤奈の特徴を話し、何か知らないかと訊《き》いてみたが、やはり情報は得られなかった。

放課後、雨の日の視聴覚室でしか会えない女の子――

彼女は一体何者なんだろう？

☂

知りたいのなら、直接訊いてみればいい。

放課後。今朝と変わらぬ勢いで雨が降りしきる中、視聴覚室を訪れてみると、眠たげな目でギターを弄《いじ》る潤奈の姿があった。ヘッドホンはしておらず、俺が来たことにいち早く気づいた潤奈が調弦の手を止め、挨拶してくる。

「おはよう、詩暮《しぐれ》」

「おう、おはよう……なのか？」

「業界ではいつもおはよう」

「どこの業界だよ。また寝坊したんじゃないだろうな？」

「してない。今日はちゃんと朝から来たよ。偉いでしょ」

「偉いのか、それ？」

俺は得意がる潤奈《じゅんな》に苦笑しつつ、ジャージやら教科書やらでぱんぱんに膨れたエナメルバッグを机に置いて、定位置——潤奈の一列前——に陣取り、体ごと後ろを振り向いた。そして切り出す。善は急げだ。

「そういえば——」

——潤奈は何組なんだ？　と尋ねようとして、質問が喉につかえる。

引っかかったのは、潤奈の口ぶりだった。俺たち学生にとって朝登校するのは普通で、当たり前のことだが、潤奈にとっては違うのだろうか。

「………」

潤奈が上目がちに俺を見つめる。数秒の間を空けて、俺は言葉を継いだ。

「そのギターって……」

こぼれ出たのは、用意していた質問じゃない。

「テレキャスか？」

なんとなく、訊《き》いてはいけないような気がした。だから咄嗟《とっさ》に別の疑問をひねり出し、投げかけたのだ。

サーフグリーンのボディに白いピックガード、ゴールドの部品が光るギターを見やり、尋ねると、潤奈が「惜しい」と指を振る。

「似てるけど、違う。ＭＯＯＮのレゲエマスターっていう、日本製のギターだよ」

「レゲエ？」

「うん。ＳｉＭが取り入れてる、あのレゲエ」

「好きなのか？　なんか『陽』の音楽ってイメージがあるけど」

俺の脳内にギラギラと光り輝く太陽の下、サングラスをかけ、砂浜でタオルをぶん回しながら飛び跳ねている潤奈が浮かんだ。違和感しかない。

「嫌いじゃないね。音楽的に、好きな要素はいっぱいあるし……でも、私がこのギターを選んだ理由にレゲエは関係ないよ。分からない？」

「………………」

まったく分からん。

「五十嵐《いがらし》さんが使ってたから」

「五十嵐さん？」

「シロップのギターボーカル。五十嵐隆《たかし》」

シロップことＳｙｒｕｐ《シロップ》16ｇ《グラム》は代表的な鬱ロックバンドだ。

『キングオブ鬱ロック』と称され、鬱ロックという単語が生まれるきっかけになった存在なのだとも云《い》われる。界隈《かいわい》では恐らく最も有名で、俺ももちろん知っていた。

ただ――

「ああ、そうなのか。それは知らなかったな。俺、音楽は色々聴くけど、バンドに関する情報はほとんど調べないから。正直、大半のバンドはメンバーの名前すら把握してない」

「ええ……」

驚くような、呆《あき》れるような声を漏らして、潤奈《じゅんな》が黙り込む。失望されてしまっただろうか。表情から感情が読めない潤奈に、俺はおっかなびっくり訊《き》いた。

「だ、だめか？　オタク失格？」

「——へ？　あ、ううん」

一瞬ぽかーんとした後で、潤奈が左右に大きくふるふると首を振る。髪が揺れ、青紫のインナーカラーが覗《のぞ》いた。潤奈にしては珍しくリアクションが大きい。

「そんなことない、と思う。音楽の楽しみ方は、人それぞれなんだし。私は割と調べる方だけど……作り手の生い立ちとか人となりとか、曲が生まれた経緯とか……下手に理解を深めない方が、音楽そのもののよさを味わえると思うし？　うん、いいんじゃないかな。あれこれ調べない方が。詩暮《しぐれ》は」

饒舌《じょうぜつ》に、早口で言う。俺は安堵《あんど》し、緊張を解いた。

「……ん。そうか」

あれこれ調べない方がいい。今しているのは音楽の話だが、俺は潤奈自身についても、同じことが言えるのではないかと思った。

潤奈とこうして雨の日の放課後に会い、二人で過ごす時間はたまらなく楽しい。なら、それだけでいいのではないかと。

潤奈の素性が気になるからと無理に探ったり、調べたりする必要はないのだ。

——純粋に楽しもう。

潤奈もきっと、俺がそうすることを望んでいるだろうから。

しかし俺が呑《の》み下した疑問は、計らずも、すぐ解消されることになる。

☂

翌日の四時間目、体育の授業で怪我《けが》をした。

天気は晴れ。まだ完全には乾ききっていないグラウンドでサッカーをした際、守備に足を引っかけられて、盛大に転倒――ひざを擦り剥《む》いたのだ。

幸い怪我自体は大したことがなく、プレイを続行したのだが、

「栗本《くりもと》！　保健室、行ってこい」

体育教師に促されて渋々、俺は試合が終了したタイミングで授業を抜けると、保健室を訪れていた。付き添いの生徒はいない。

「……はぁ。できれば、来たくなかったんだけどなぁ」

というのも、うちの養護教諭はすこぶる評判が悪いのである。いわく、

「扉をノックしたら、犬に命じるみたいに『待て』と言われて五分も待たされた」

「体調不良でベッドを使わせてほしいと言ったら、床で寝るように言われた」

「手当ての仕方も言葉遣いも乱暴で、体の傷を治しに行ったら心に傷を刻まれた」

「中からこの世のものとは思えない人の叫び声が聞こえた。恐ろしくて入れなかった」

などなど。噂《うわさ》によれば性別は女で、姓は赤城《あかぎ》。生徒たちの間では『赤鬼』の異名で恐れられている。陸上部の先輩などは保健室を利用するのが嫌すぎて、自分で応急処置を行うための救急セットを持ち歩いているほどだ。

故に、我が校における保健室の利用者は極端に少なく、俺も初めて利用する。扉の前で深呼吸をし、控えめにノックした。

「……入れ」

「待て」と返ってきたらどうしようかと思ったが、杞憂《きゆう》に終わる。低く、くぐもっている女性の声だった。叫び声は——聞こえない。扉を開ける。

クーラーで冷やされた空気が汗ばんだ肌を撫《な》で、消毒液の匂いが鼻をついた。

「なんだ？　サボりか？」

入って早々ジャブが飛んでくる。白い不織布マスクをつけた黒髪ショートカットの女性が、中央のデスクから胡乱《うろん》げな目を向けてきていた。

羽織った白衣をだらしなく着崩しており、ノースリーブのニットブラウスから覗《のぞ》く白い両肩が晒《さら》されている。下は短くタイトなスカート。にもかかわらず脚を組んでいるため、目のやり場に困った。廊下の熱気と室内の冷気がぶつかり、生温《なまぬる》く肌を撫でていく。

「い、いえ……」

俺は扉を閉め、赤城と思《おぼ》しき養護教諭の女性に恐る恐る近づいた。

「体育の授業でひざを擦り剥《む》きまして」

「ふんっ、間抜けめ」

硬く鋭い――ナイフを彷彿《ほうふつ》とさせるハスキーな声音で、さらっと罵倒される。俺が硬直していると、赤城は組んでいた脚を解いて聞こえよがしな溜《た》め息《いき》を吐《つ》き、

「……来い。手当てしてやる」

とぶっきらぼうに言い放つ。ひどく面倒臭そうだ。

「こんなもの、水で洗って唾でもつけておけば治るだろうに」

「唾は非衛生的でしょう」

反射的にツッコミを入れたら、赤城が「――何？」と睨《にら》みつけてくる。

マスクで顔は分からないが、紅《あか》いメイクが印象的な目元は切れ長で、気が強そうな美人の雰囲気を醸し出していた。異名通りの威圧感。

「お前は女とキスするときも、そんなことをほざくのか？」

「……はい？」

予期せぬ返しに眉をひそめる。すると、赤城は顔をしかめて、

「はい？　はい、だと？　最低だな」

「ＹＥＳの意味で言ったんじゃねーよ！」

ついタメ口でツッコんでしまった。

怒られる――かと思いきや。

「クク、だろうなぁ」

赤城《あかぎ》は愉快そうに笑うと、

「どうせまだ、キスしたこともないんだろ？」

鼻を鳴らして俺を嗤《わら》った。

「部屋に入ってきたときからずっと、目のやり場にも困っているし。落ち着いているようでいて、視線の動きは忙《せわ》しない。女慣れしていない証拠だ」

赤城が身じろぎをすると、薄いニットの生地を押し上げている豊かな膨らみが揺れた。目線を落とせば、網タイツに包まれた艶《なま》めかしい脚が待ち受けている。

「……。ご想像にお任せします」

俺は赤城から顔を背けて、唇を結んだ。

噂《うわさ》とは異なるものの、これはこれでやりづらく、いたたまれない。暴力的なまでの色気と扇情的な言動で嬲《なぶ》るようにからかわれ、反応を楽しまれているのが分かる。

用が済んだら、さっさと退散しよう。そう思いつつ、こちらも噂とは違い、丁寧な傷の手当てを受けていたときだった。

逸《そ》らした視線の先で、俺はふとあることに気がつく。

一番奥に置かれたベッド。利用者がいるのだろうか、閉めきられたカーテンの端から、黒いギターケースらしきものが見えていたのだ。ファスナーには青紫の蛙《かえる》がぶら下がっていた。

「――潤奈《じゅんな》？」

俺が漏らした呟《つぶや》きに、赤城が消毒の手を止める。

「お前、雨森《あまもり》を知っているのか」

「え？　ええ、まぁ……」

「どういう関係だ？」

「か、関係ですか？　えぇっと……」

返答に窮してしまう。雨の日の放課後にだけ会い、話す関係。それは果たして、なんと表現するのが正しいのだろうか。知り合い？　友達《ともだち》？

俺が答えを探していると、ベッドのカーテンが音を立てて開いた。

「……そろそろお昼。先生、お腹空《なかす》い——」

ヘッドホンを外しながら現れたのは、やはり潤奈だ。潤奈は俺と目が合った瞬間、石のように固まり、絶句する。ややあって、

「——詩暮《しぐれ》？」

こぼれ出た潤奈の声はか細く、震えていた。

「どうして、いるの……？」

「授業中に怪我《けが》したんだよ。潤奈こそ、なんでいるんだ？　体調でも悪いのか」

「わ、私は——」

潤奈が目を伏せて、言《い》い淀《よど》む。

「…………」

しばらく待ってみるが、言葉は続かず、両手でスカートの裾をぎゅっと握りしめたまま沈黙していた。俺は戸惑う。

「潤奈《じゅんな》……？」

「雨森《あまもり》は」

口を開いたのは赤城《あかぎ》だった。消毒し終えた傷に絆創膏《ばんそうこう》を貼り、うつむく潤奈にちらりと視線を投げてから告げる。

「保健室登校なんだ」


『保健室登校』とは教室ではなく保健室に登校し、そこで学校生活の大半を送ること——らしい。皆と一緒に授業を受けず、養護教諭の助けを借りて自主学習を行いながら、卒業に必要な単位や出席日数を確保していく。

「まぁ要するに、不登校の一歩手前だよ。不登校のように学校との繋《つな》がりを完全に断つのではなく、保健室という限定された場所に通い続けることで、なんとか『学生』をやれている。そんな感じだ」

「……なるほど」

赤城の説明を聞き終わった俺は、慎重に言葉を選ぶ。

何を最初に質問すべきか悩んだ結果、保健室登校という単語を聞いたときから懸念していることを尋ねた。

「何か、重大な病気を患ってるわけではないんですか？　持病とか」

「ああ、身体的には健康そのものだ。強いて言うなら――」

「心の病気でもないからね」

と、それまで口をつぐんでいた潤奈が、赤城の発言に割り込む。ベッドの縁に腰かけた潤奈は足をぷらぷらとさせ、いつも通りの真顔で続けた。

「単に、独りが好きなだけ……無駄に他人と関わりたくないから、こうやって人が少ない保健室に登校しているの。教室には……入学してから一回も、行ってない」

――入学してから一回も。そういうことか、と俺は納得する。だから陽次郎《ようじろう》も山田《やまだ》も、誰も潤奈を知らなかったのだ。

「登校時間もずらしているよ。下校は重なることもあるけど、なるべく目立たないように裏門から出てる」

「徹底してるな……」

実際、見かけたことはない。唯一――『あの場所』以外では。

「……ずっと保健室だと飽きるから、放課後は視聴覚室。防音がしっかりしててギターも弾けるし、暑かったら冷房もつけられる。飲食禁止なのがマイナスだけど、それを除けば最高の場所。スタジオみたい」

「放課後は、人もまず来ないしな」

「うん、だから気を抜いてたの。鍵をかけ忘れてた。そしたら……」

潤奈《じゅんな》が窓の外を見た。開け放たれた白いカーテン。あの日のような曇天ではなく、青く晴れた空から注ぐ陽射《ひざ》しに目を細め、

「詩暮《しぐれ》に会えた」

と呟《つぶや》く。

「私は独りが好きで、無駄な他人と関わりたくはないけど……詩暮なら、いい」

表情は分からない。ただその声は柔らかく、澄みきっていて、心の奥底から染み出してきたようだった。混じりっ気のない、純真な感情。

「潤奈……」

きっと、事情があるのだろう。

『独りが好き』というだけの理由で、学校側が保健室登校を許可するとは考えにくい――潤奈には、まだ隠されているものがある。

しかしだからといって、暴き出そうとは思わなかった。

保健室登校をするほど他人との交流を避け、嫌う潤奈が、それでも俺の存在を受け入れようとしてくれているなら。

「一つお願いがあるんだけどさ」

「……お願い？」

潤奈が俺を見る。どことなく不安げな瞳を見返し、俺は「ああ」と微笑《ほほえ》んだ。

「これからは視聴覚室だけじゃなく、保健室にも……会いに来ていいか？　昼休みとか。ここなら天気も関係ないし」

「……っ！」

潤奈が目を見開いた。驚きで彩られた顔に、鮮やかな喜びが広がっていく。しかし口元がほころび、笑みが弾《はじ》けかけた瞬間、

「う、うん……」

潤奈はうつむき、ぱっと表情を隠してしまった。ベッドの上で、もじもじと身じろぎをする。垂れ下がった前髪の黒と青紫を明るい陽《ひ》が照らし、透かした。

その隙間からじぃいっと俺を窺《うかが》い、感情を抑えた声音で潤奈が答える。

「いいよ。私、お昼もここで摂《と》っているから……一緒に、食べる？　二人で……」

「私もいるぞ？　ふたりの世界に浸っているところ、悪いが」

空気を読んで半ば空気と化していた赤城《あかぎ》が、ミュートを解除して苦笑した。


保健室で昼食を摂る、というのは初めての経験だった。教室でも、食堂でもなく、保健室——消毒液の匂いが満ちる空間は、しかし冷房がよく利いており、快適だ。

先週頭に夏服へと替わり始めたばかり、本格的な夏の訪れはまだ少々先だが、それでも今日のようによく晴れた日は蒸し暑い。

職員室や図書室など、限られた場所にしか冷暖房が設置されていないうちでは、貴重なオアシスである。

「暑いときなんかは特に、鬱陶しいくらい人が押しかけてくるんだよ」

脚を組んで椅子に腰かけた赤城《あかぎ》が、露出した肩をすくめる。

「体調不良じゃなくてもな。だから生徒が『なるべく利用したくない』と感じるように、最悪な対応を心がけている」

そのスタンスは養護教諭としてどうなんだ——というツッコミは、唐揚げと一緒に呑《の》み込《こ》んだ。

俺の隣に座った潤奈《じゅんな》が、弁当のピーマンを箸で突《つ》つきながら言う。

「心がけるまでもなく最悪ですよね、先生の口。だからマスクで塞いでるんですか？」

「雨森《あまもり》」

赤城がマスクの下で相好を崩した。

「——病院送りにするぞ？」

「その発言は養護教諭としてどうなんですかっ⁉」

俺はたまらずツッコミを入れるが、潤奈は平然としており、

「暴力反対。暴言も」

「ふんっ……ピーマン。残すなよ？」

赤城《あかぎ》もしれっと話題を変える。二人にとっては、よくある応酬なのかもしれない。

「一欠片《ひとかけら》でも残したら、もう作ってやらん」

「……意地悪」

潤奈《じゅんな》が眉間にしわを寄せ、箸の先で弄《いじ》くっていたピーマンを口に運んだ。

「──ん……。思ったよりも苦くない。むしろ美味《おい》しい？」

目をぱちくりさせる潤奈から視線を移して、対面の赤城を見やる。

「潤奈の弁当、先生の手作りなんですか？」

「ああ。雨森《あまもり》は偏食家だからな」

潤奈が広げている弁当は女子らしく少量ながらも品数が多く、彩り豊かで、手が込んでいるようだった。ピーマンとしらすの和《あ》え物《もの》、青じそ入りの卵焼き、にんじんとごぼうのきんぴら、ブロッコリー、豚肉のしょうが焼き……ご飯は雑穀米で、赤じそのふりかけが散らされている。さらにデザートとして、紅《あか》いジャムが入れられたヨーグルトまで。

「放っておくと菓子パンや菓子、体に悪いものばかり食べるんだよ。だから私が養護教諭として、栄養バランスのいい健康的な食事を用意してやっている」

「毎日？」

「毎日だ。ちなみに出来合いのものは一切使用していない。全て自家製」

「す、すごいですね……」

俺は自分の弁当に入れられている冷凍食品の唐揚げを見つめ、唸《うな》った。既製品でも充分美味しいと思うが、凄《すさ》まじいこだわりだ。

「口は最悪だけど」

飴色《あめいろ》に炒《いた》められた薄切りの玉ねぎがふんだんに使われているしょうが焼きをもぐもぐと味わい、潤奈がぐっと親指を立てる。

「料理は最高」

「そりゃどうも」

赤城が目を細め、笑った。俺は認識を改める。

「養護教諭の鑑《かがみ》じゃないですか、先生……」

口が悪いだけで案外、生徒のことを気遣ってくれるいい先生なのかもしれない。

「正直、もっと恐《こわ》い人かと思っていました。噂《うわさ》の通り」

「……噂？　どんな噂だ？」

「扉をノックしたら、犬に命じるみたいに『待て』と言われて五分も待たされたとか」

「雨森が隠れる時間を稼ぐためだな」

「体調不良でベッドを使わせてほしいと言ったら、床で寝るように言われたとか」

「明らかに仮病だったからだろ。私がサボるのはいいが、生徒がサボることは許さん」

「手当ての仕方も言葉遣いも乱暴で、体の傷を治しに行ったら心に傷を刻まれたとか」

「デタラメだ。言葉遣いはともかく、手当ては優しく丁寧だったろう？」

「中からこの世のものとは思えない人の叫び声が聞こえたとか」

「デスボイスだな。爆音で垂れ流していたＣｒｏｓｓｆａｉｔｈやリベリオンだ」

「保健室でラウドロックをかけるのはやめてください」

「私が聴いてたホルモンやベガスかも？」

「潤奈《じゅんな》もちゃんとヘッドホンをしろ」

「耳だけじゃなく、体で音を浴びたくなること……ない？」

「……あるけど。場所は選ぼうって言ってるんだよ、ノイズメーカーガール」

「うん。かっこいいよね、ＮＯＩＳＥＭＡＫＥＲ」

「バンドの話はしていない。俺は『ＮＡＭＥ』が特に好きだな」

などと、いつもの調子でやり取りしていたら、赤城《あかぎ》が「……ククッ」と喉を鳴らした。

デスクに頬杖《ほおづえ》をつき、俺たちを眺める。

「お前たち、仲がいいなぁ。ここまでお喋《しゃべ》りな雨森《あまもり》は初めて見たぞ」

「……。そうなんですか？」

無愛想なだけで、意外と喋る――ボケ倒してくる奴《やつ》という印象があったが。赤城と二人のときは、口数が少ないらしい。食事中もほぼ無言。

「なんなら、初めて料理の感想を言われた。あれは嫌い、これも嫌いと文句ばかりだ」

「よく毎日作り続けてますね……」

改めて感心させられる。

俺が潤奈に横目を向けると、潤奈は自分の態度を咎《とが》められていると思ったのか、ぷいっと顔を背けてしまった。視線を赤城に戻し、尋ねる。

「ていうか、先生は食べないんですか？　お昼」

赤城の前に弁当はなく、食事を始める気配もなかった。赤城が「ああ」とうなずく。

「私は一日二食だからな。昼は摂《と》らない。弁当も基本はまとめて作り置きをし、一人では食べきれないぶんを詰めてやっているだけ。別に大した手間ではないよ」

そう話す赤城の表情は、マスクのせいでよく分からない。

ただ、それでも潤奈に対する思いやりや気遣いは充分に伝わってきて、やはりいい先生なのだなと感じる。

「……先生は」

と、潤奈が口を開いた。赤城の顔をじっと見て、普段は胸の内に秘めている感謝の想《おも》いを言葉に――

「絶対マスク取らないですもんね」

――しなかった。どころか、次の瞬間、とんでもない暴言を吐く。

「学校の人たちに『ブスなのかな』って思われてそう」

「……。雨森」

赤城が微笑《ほほえ》んだ。瞳は微塵《みじん》も笑っていない。

「お前、明日《あした》から弁当なしな」

その日以来、俺は昼休みに保健室を訪れるようになり、雨が降っていなくても、潤奈《じゆんな》と毎日顔を合わせられるようになった。

しかし翌日、翌々日と天気は連日の雨。関東では、やや遅めの梅雨入りが発表された。

すると必然的に潤奈と過ごす時間が増え、その結果——


「……詩暮《しぐれ》。にんじんしりしり、食べる？」

以前よりも近い距離、互いの肩が触れ合いそうな位置にまで椅子を寄せた潤奈が訊《き》いてくる。俺がさり気なく離れても、そのぶんきっちり詰めてくるため無意味だ。

艶《つや》やかな濡羽色《ぬればいろ》の髪から、甘いシャンプーの匂いが薫った。

「美味《おい》しいよ？　あーん……」

「自分で食べろ」

そこへすかさず、横合いから飛んでくる赤城《あかぎ》のお叱り。

「にんじん嫌いだからといって、他人に押しつけようとするな」

「違います、先生。にんじんを押しつけるのが目的なんじゃなくって、詩暮に『あーん』してあげるのが目的なんです。勘違いしないでください」

「………」

ここはツッコむべきなのだろうか。言ってることは湿っぽいくせに、声や表情が乾いているため、ボケなのか本気なのか判断しづらい。

「雨森《あまもり》」

先ほどよりもトーンを落とし、有無を言わさぬ口調で赤城《あかぎ》がたしなめる。

「自分で食べろ。完璧な栄養バランスが崩れる」

「……。むぅ」

潤奈《じゆんな》が唇を尖《とが》らせ、箸を下ろした。俺は内心『助かった』と思う。赤城の横槍《よこやり》がなければ、俺がリアクションに困って変な空気になっていたかもしれない。

「……お前たち。いつもそんな風に、ベタベタしているのか？」

マスクの下で嘆息し、赤城が腕を組む。俺たち二人をまじまじと眺め、尋ねた。

「放課後、視聴覚室で何をやってる？」

「防音なのをいいことに、あんなことやこんなこと……」

「潤奈が弾くギターを聴いたり、普通に雑談したりですかね」

意味深な言い方をする潤奈をスルーし、俺は答える。

「昨日、一昨日《おととい》は映画を観《み》ました。スクリーンで」

視聴覚室には映像教材、即《すなわ》ちＤＶＤなどのメディアを再生する機器やプロジェクターが備えつけられている。飲み食い禁止ということでポップコーンは食べられないが、映画を楽しむのにはうってつけの環境なのだ。

「……ほう。何を観たんだ？」

「お互いのおすすめを。俺が『セブン』で」

「私が『ミスト』です」

「揃《そろ》いも揃って、胸糞《むなくそ》悪い作品を……」

「潤奈とは趣味が合うんですよ。映画も、本も、音楽も。俺たちが意気投合したきっかけだって、マイナーな音楽の好みが重なったからですし」

——と話す俺の隣で、潤奈が鼻歌を唄《うた》い始める。

潤奈は時折、こんな風に鼻歌を唄い出すことがあった。

本人いわくメロディーは『その時々の気分』らしいが、毎回やけに耳触りがよく、つい聴《き》き惚《ほ》れてしまう。

「マイナーな音楽？」

赤城が訊《き》き返してきた。

「少し古めの、鬱ロックとかです」

潤奈の鼻歌に耳を傾けつつ、俺は赤城とのやり取りを続ける。鼻歌を唄う潤奈は食事の手を止め、スマホを胸に抱きながら、体を左右に揺らしていた。

「二人とも、ＹＯＨＩＬＡ《ヨヒラ》っていうバンドが好きで」

「——何？」

赤城が眉をひそめる。潤奈の鼻歌で、よく聞こえなかったのだろうか。

「YOHILA《ヨヒラ》です。まだインディーズなんですが、詞も曲もすごい好みで……『新世代の鬱ロック』とも呼ばれてる新しいバンドです。知らないですか？」

「………………」

秒で「知らん」と返されるかと思ったが、赤城《あかぎ》は閉口。なんとも言えない表情で、俺を見つめた。

「栗本《くりもと》、お前――」

――と、そのとき。保健室の扉が、こんこんとノックされる。

「……っ！」

潤奈《じゅんな》がびくっと肩を跳ねさせ、鼻歌を止《や》めた。

俺たちは一斉に入口の方を見る。

扉には『不在』の札が提げられているはずだが、

「失礼しまーす！」

構わず扉が引き開けられた。

現れたのは、髪を明るい茶色に染めた長身の男子生徒と、ポニーテールのスレンダーな女子生徒――陽次郎《ようじろう》と山田《やまだ》の幼なじみコンビだ。

扉が開けられた瞬間から時が静止し、消毒液の匂いが漂う空間に張り詰めた沈黙が満ち充ちる。それを破ったのは、

「えぇっと……詩暮《しぐれ》？」

扉を開けた陽次郎だった。

俺を見、俺の隣を指差して訊《き》く。

「ひょっとして、その子が例の……『あまもりじゅんな』ちゃん？」

「──例の？」

潤奈が、じぃいいっと俺を見る。

俺は潤奈から視線を逸《そ》らし「あー……」と後頭部を掻《か》いた。

なぜこうなったかは、簡単に想像がつく。

ここへ来るようになるまで、俺は教室で陽次郎と昼食を摂《と》っていた。それが突然「明日《あした》から別のところでお昼を食べる」と言い出したのだ。

「最近、陸上部で仲よくなった他クラスの奴《やつ》が……」などと理由をでっち上げても、怪しまれるのは当然だろう。

「詩暮が話していたんだよ」

端整な顔に人好きのする笑みを浮かべて、陽次郎がずかずか歩み寄ってくる。

「すごく可愛《かわい》い女の子と知り合えた、って！」

「すごく可愛い女の子。すごく可愛い……すごく……ふぅ〰〰ん？」

俺の横顔に注がれる潤奈《じゅんな》の視線が、重みを増したように感じる。否定しようにも、概《おおむ》ね事実なのでできない。話題を変えることにした。

「……尾《つ》けてきたのか？」

「うん。あんな話をしたばかりだからねぇ。これは怪しいぞと思って、確かめてみることにしたのさ。詩暮《しぐれ》が、本当は誰と会っているのか！」

「あ、あたしは反対したんだよ？」

悪びれもせず認める陽次郎《ようじろう》に対し、山田《やまだ》は保健室の扉を閉めると、赤城《あかぎ》の方をちらちら見やり、小声で「お、お邪魔しまーす……」と言ってから、近づいてくる。

「けど、気になって。栗本《くりもと》くんが口説こうとしてる女子――」

「口説こうとはしてねぇよっ⁉」

それは山田に潤奈のことを話すとき、やんわり否定したはずだ。そもそも本人の前で、そんな話をしないでほしい。

案の定、潤奈は俺にじとぉっと三白眼を向け、

「…………………」

物言いたげに睨《にら》み上げてきた。俺は軽い男だと疑われているのかと思い、

「く、口説こうとしてないからな？」

と念を押したら、潤奈の眉間にしわが刻まれる。余計だったか。

「ていうか、詩暮。この子、まじでめちゃくちゃ可愛《かわい》いね！」

助け船を出してくれた（?）のは陽次郎だった。顔を覗《のぞ》き込《こ》まれた潤奈が「ひっ!?」と怯《おび》え、固まる。

そんな潤奈を安心させるように、陽次郎が笑みを深めた。

「初めまして、あまもりさん！　僕は久住《くずみ》陽次郎。詩暮の親友さ」

「親友？　悪友の間違いだろう」

「あたしは山田晴風《はるか》だよ！　栗本くんとは……友達《ともだち》の友達、みたいな？」

「そこは友達って言ってほしかったけど」

「………」

潤奈が無言で、陽次郎と山田の顔を見比べる。

「陽次郎と、山田……」

ぼそりと呟《つぶや》き、首を傾《かし》げた。

「RADと、ジェニファー山田さん？」

「僕だけ名前呼び、やった！」

「ジェニファーって誰!?　晴風だよ！」

「味噌汁《みそしる》ズじゃねーよ」

陽次郎と山田と俺が各々反応し、ツッコむ。潤奈が俺を指差し、告げた。

「詩暮、合格。他の二人は不合格」

「「なんでっ!?」」

陽次郎《ようじろう》と山田《やまだ》の悲鳴が被《かぶ》る。潤奈《じゅんな》は答えず、俺の背中に隠れてしまった。

尚《なお》——RADことRADWIMPSは、野田洋次郎《のだようじろう》を中心とする有名なロックバンドで『ジェニファー山田さん』はメジャーなRADの中でも比較的マイナーな楽曲。

味噌汁《みそしる》ズはRADと深い親交があり、ジェニファー山田さんを提供したという正体不明の覆面バンドだ。

「あ、あまもりさーん？」

「…………」

「もしもーし？」

「……私、不合格の人とは絡まないので」

話しかけてくる陽次郎と山田に素っ気なく応じ、潤奈が椅子に座り直した。首にかけていたヘッドホンをつけ、音楽を再生すると、黙って食事を再開し始める。デスクに置かれたスマホの画面——流されている曲は、RADの『ヒキコモリロリン』だった。

雨音と冷房の駆動音、ヘッドホンから漏れ聴こえている爆音が降りた沈黙を彩る。

すっかり自分の中に閉じこもってしまった様子の潤奈に、

「……雨森《あまもり》は、極度の人見知りなんだよ」

それまで事態を静観していた赤城《あかぎ》が嘆息し、口を開いた。

「保健室登校なんだ。このことは、口外しないでもらえると助かる」

赤城《あかぎ》の言葉を聞いた陽次郎《ようじろう》と山田《やまだ》が、顔を見合わせる。

ヘッドホンをしたまま黙々と、仏頂面《ぶっちょうづら》で箸を動かし続ける潤奈《じゅんな》を見やり、

「な、なんか僕たち……」

「お邪魔しちゃったみたい、だね？」

消沈すると、俺に向かって「ごめん！」と手を合わせてくる。

謝りたいのは俺も同じだった。


「あの対応はひどいだろ」

その日の放課後。視聴覚室で潤奈と二人きりになった俺は、昼間の出来事について切り出していた。

天気は変わらずの雨。今日は蒸し暑いため、冷房をつけている。しかし、空気がいつもより冷たく感じられるのは、それだけが原因ではないだろう。

「勝手についてきて、乱入してきたあいつらも悪いけど。それにしたって無愛想——あ、こらっ！　ヘッドホンをつけるな」

「……むぅ。詩暮《しぐれ》、うるさい」

装着しようとしたヘッドホンを下ろされて、潤奈が微《かす》かに顔をしかめる。

潤奈はポジティブな感情よりも、ネガティブな感情の方が表に出やすい。唇をすぼめ、ぼやいた。

「言ったでしょ。無駄に……無駄な他人と、関わりたくないって。無愛想で結構」

「潤奈……」

「これ以上のお小言は聞かない。詩暮の声でもシャットアウトする」

高性能のノイズキャンセリングつきヘッドホンを構え、潤奈が俺を威嚇する。どうやら潤奈の他人嫌いは思ったより深刻で、重篤らしい。

「分かった、言わない……もう言わないよ」

俺は溜《た》め息《いき》を吐《つ》き、両手を挙げた。

「代わりに訊《き》かせてくれないか」

潤奈の目を真《ま》っ直《す》ぐに見て、問いかける。

「なんで俺には好意的なんだ？　趣味が合うから？」

「……。それもあるけど」

潤奈が目を逸《そ》らし、伏せた。

「一番は……勘？」

「勘かよ」

「あと声。見た目。雰囲気……ａｎｄ　ｍｏｒｅ」

「フェスの出演アーティストみたいに言うな」

「好みの音楽を聴いたときと同じで、感覚的に『あっ、いいな』って感じたの。思ったんじゃなく、感じた。それが理由だよ?」

「……。そうか」

「and more」

「って、まだあるのかよ!」

「うん。実はヘッドライナーの発表がまだ」

ヘッドライナーは音楽フェスに出演する中で最も有名な、メインを張るアーティストのことだ。潤奈《じゅんな》が俺に好意的に接してくれる最も大きな理由は他にあると言いたいのだろうが、今それを訊《き》くのは野暮《やぼ》かもしれない。ヘッドライナーは普通、最初に発表されるものだろ——というツッコミも、入れないでおく。

「詩暮《しぐれ》はさ」

しとしとと降る雨音にさえ紛れそうな声量、しかし不思議とはっきり耳に届く声音で、潤奈がぽつりと呟《つぶや》いた。

「私が保健室登校なのを知っても、変わらず接してくれたよね。なら……いいかな。もう一つの『秘密』を明かしても」

「え?」と驚く俺を横目に、潤奈がスマホを弄《いじ》り始める。

青紫の、シリコンケース。ギターケースのファスナーにぶら下げられた蛙《かえる》も、髪の裏に入れられたインナーカラーも同じ、紫陽花《あじさい》の色だ。

そして、紫陽花は別名——

『四葩《よひら》』という。

「……これ、私のLINE。追加して」

「お、おう……」

やってないんじゃなかったのか——と思いつつ、俺も自分のスマホを取り出し、画面に表示されている友達《ともだち》追加の二次元コードを読み取る。

アカウント名は『JUN《ジュン》』で、アイコンは雨に打たれる紫陽花がモチーフのイラスト。YOHILA《ヨヒラ》のバンドロゴ・マークだった。

「前に、やってないって言ったのは嘘《うそ》……今は『お仕事』メインで使ってるから、名前でバレちゃうと思って、教えられなかったの」

風が吹き、甘い薫りが鼻をくすぐる。スマホ画面から顔を上げると、潤奈の目が間近にあった。深く澄んだ湖のような瞳に呑《の》まれ、呼吸が止まる。

「まぁ『作り手』のことを調べない詩暮は、分からないかもしれないけどね。JUNっていうのは、私のもう一つの名前」

俺の顔を至近距離から覗《のぞ》き込《こ》んで、潤奈は告げた。彼女がひた隠しにしてきた、とっておきの正体を。

「YOHILAのボーカル兼ギター兼キーボード兼、作曲者《コンポーザー》だよ」

Interlude Rest In Peaceful Melody

私が彼に惹《ひ》かれた理由は色々だ。声、見た目、雰囲気、音楽の趣味、そして……私が、YOHILA《ヨヒラ》のJUN《ジュン》が作った曲を『大好き』だと言ってくれたこと。

だけどやっぱり、一番は——

「……綺麗《きれい》」

スマホで録音された鼻歌を聴き直し、うっとりとする。この美しいメロディーが、自分の中から溢《あふ》れ出《で》てきたものだとは信じられない。

私はYOHILAのコンポーザーで、YOHILAの曲は全て私が制作している。

曲だけじゃなく詞も。曲から作るか詞から作るかは人によって様々だけど、私の場合は曲から作ることがほとんどだった。

その『基』となるメロディーは、日々のふとした拍子に湧いてくる。

例えばふいに見上げた空が生まれて初めて目にする色だったときとか、喫茶店で飲んだココアが思ったより苦かったときとか、野良猫《のら》と目が合った途端になぜか逃げられたときとか、傘を新調したその日に盗まれちゃったときとか。

雨が降る放課後に、誰かが忘れていった小説を読《よ》み耽《ふけ》っているときとか。

学校からの帰り道、本の持ち主とのやり取りを思い返しているときとか。

そんな何気ない瞬間にメロディーは鳴り、私は頭の中で流れたそばから薄れていく旋律を、スマホのボイスメモや持ち歩いている五線譜ノートに残す。

彼が鳴らしてくれる音色は格別に綺麗だ。

だから惹かれた。あるいは惹かれたのが先で、その想《おも》いに弾《ひ》かれた心が、音を奏でたのかもしれないけれど——まぁ、どっちでもいい。

要は特別なのだ。詩暮《しぐれ》は特別。

「……既読つくかな？　つけ、つけ………ついた！」

ベッドの上で寝転がり、五分前に送信したＬＩＮＥのメッセージを睨《にら》み続けていると、ようやく『既読』の文字がつく。

そこから待つことおよそ一〇分、詩暮からの返信が来た。私が送ったメッセージが二〇行くらいなのに対して彼は九行。半分未満だ。その差に少しむっとするけど、仕方ない。我ながら、ちょっと長文すぎたと思うし。

次は減らして、返しやすくしよう。詞のように、言いたいことをぎゅっとまとめて——完成したメッセージは、四〇行を超えていた。……Ｗｈｙ？

削ろうとしたけれど、彼を待たせたくなかったので、そのまま送る。

——既読がついた。返事は、

詩暮：通話にするか？

私は跳ね起き、秒で返信を送った。

JUN《ジュン》：する――――――――――っ!!

詩暮《しぐれ》：文字だとテンション高いなぁ

そしてすぐさま私の方から通話を繋《つな》ぐと、お昼休みや放課後と同じように、他愛《たあい》のないお喋《しゃべ》りに耽《ふけ》る。他にやらなきゃいけないことは山ほどあるけど、気にしない。

生の声とは微妙に異なる、デジタル化された彼の声音が鼓膜を震わせ、心を揺らして、甘いメロディーを紡ぎ出させた。

雨の音に重なって聴こえるそれを五線譜に書き留め、しっかりと記録しながら、私は体を左右に揺らす。

今夜は、ぐっすり眠れそうだった。

3　六月の空に太陽は要らない

ＹＯＨＩＬＡ（ヨヒラ）は、ミュージシャンのＪＵＮ（ジュン）を中核とした、日本のオルタナティヴ・ロック・バンド。

悲観的かつ厭世的な詞の世界観から「新世代の鬱ロック」と称される。

概要

二〇××年七月三一日、動画共有サイトに「紫陽花と亡霊」のリリックビデオを投稿、活動開始。その後も精力的に楽曲を発表し続け、同年一一月一日にインディーズレーベル「ＦＡＢＬＥ　ＲＥＣＯＲＤＳ」よりＣＤデビュー。

バンドと銘打たれてはいるものの、ギターボーカル（及びキーボード）のＪＵＮを除くメンバーは非固定。楽曲によって編成が異なる。

またＪＵＮに関しても情報はほとんど明かされておらず、インタビューを含むメディア露出はほぼ無し。デビュー後もライブは一切行わず、音源の制作に注力している。

メンバー
ＪＵＮ（ジュン）
女性。年齢不詳。ボーカル・ギター・キーボード、全楽曲の作詞・作曲を担当。

……


「実は、初めて会ったときから『もしかして』とは思ってたんだ」

俺はスマホに表示されたウィキペディアのページから視線を上げ、潤奈《ＪＵＮ》を見る。

「バンドのことは基本調べないけど、ＹＯＨＩＬＡ《ヨヒラ》は気になって……ＪＵＮ《ジュン》って名前も、ＪＵＮが素性を隠してることも知ってた」


『あのさ』

『潤奈《じゅんな》って――』


――ＹＯＨＩＬＡのＪＵＮだよな？

口に出しかけ、チャイムにさえぎられて消えた言葉を思い出す。その後はやはり俺から触れるべきではないと考え、心の隅に追いやっていたのだが。

「声、割とそのまんまだし」

「……ダヨネー」

潤奈が棒読みで応じる。元より感情が薄いので、大して変わらなかった。

「だから、さ」

雨の日の放課後。潤奈と二人、いつも通りの視聴覚室で、いつも通りに過ごしながら、俺は潤奈に微笑《ほほえ》みかける。

「変わらないよ。潤奈＝ＹＯＨＩＬＡのＪＵＮだと、はっきり分かったところで……何も変わらない」

「……。うん」

潤奈がうなずき、薄く笑った。

「ありがとう、詩暮《うたしぐれ》」

そして鼻歌を唄うと、五線譜が描かれたノートを開き、旋律を書き留め始める。

昨夜の通話で、浮かび上がってくるメロディーや作曲に関することは聞いていたため、俺は黙って鼻歌に耳を傾け、潤奈の白く細い指が軽やかに躍る様を眺めた。

「いいメロディーだなぁ」

「でしょ？」

鼻歌が止み、ペンが止まったタイミングで呟《つぶや》くと、潤奈が満足げに頬《ほお》を緩める。

「詩暮が鳴らしてくれた音だよ。あ……『詩暮の音』を使った曲で、ちょうど制作中のがあるんだけど、聴く？」

「うん。詞はまだだから鼻歌で、ギターとピアノ以外は全部打ち込み……未完成の（仮）でよければ、聴いてほしいな。感想聞きたい」

「……いいのか？」

「喜んで」

YES以外の選択肢がない。好きなバンドの新曲、それも決して世に出ない制作途中の曲を試聴させてもらえるなんて、あまりにも光栄すぎる。

喜びながらも緊張し、俺が姿勢を正していると、

「詩暮《しぐれ》、奥。詰めて」

潤奈《じゅんな》が席を立ち、移動してきた。一列後ろから同じ列、俺の隣へ。手にはなぜか、有線のイヤホンが握られている。首にかけたワイヤレスのヘッドホンではなく。

「……なんで、わざわざ隣に？　渡してくれれば——」

「いいから」

俺の体をぐいっと押しやり、強引に陣取る潤奈。腕に柔らかな二の腕が触れ、甘い匂いが薫った。俺はますます身を固くする。違った種類の緊張で。

「つけてあげるよ」

硬直している俺の耳孔に、潤奈がイヤーピースをねじ込んできた。右耳→左耳の順番。

潤奈側の右耳は単に装着するだけだったのだが、

「よいしょ、っと」

反対側の左耳は、潤奈が腕を回し、身を乗り出す格好になる。甘い匂いが濃さを増し、二の腕より柔らかいものが、俺の体にむにゅっと当たった。

「つけづらいなぁ……」

その状態でもぞもぞ動かれるのだから、たまらない。熱い吐息に耳をくすぐられ、俺は呼吸すら満足にできなくなってしまった。

「……ん。これでよし。じゃあ、かけるね」

息を止めるのが限界に差しかかったところでようやく体を離した潤奈が、スマホを操作し、曲を流す。自宅で録《と》られたものなのか音質は悪く、打ち込みのドラムやベースは味気ない。しかし、だからこそ特別だ。普通は聴かせてもらえない、荒削りの音源。

俺は夢中で耳を傾け——

「…………」

——られなかった。俺の反応が気になるのか、曲を聴いている間ずっと、潤奈がこちらの顔を覗《のぞ》き込《こ》み、じぃいっと見つめてきていたからだ。しかも、また体が密着している。正直、まったく曲に集中できない。

「どうだった？」

二・三曲ぶんあるのではないか、というほど長く感じた曲が終わり、感想を求められた俺は、イヤーピースを引き抜いて返しながら答える。

「あ、ああ……よかったよ？　うん」

「………むぅ。なんだか、反応悪い……微妙だった？」

不安げに尋ねられ、俺は慌てた。

「ま、まさか！　緊張してただけだって。普通にすげぇよかったし。俺は好き」

「……。そう」

俺の瞳をじっと見返し、イヤホンを受け取る際に手を触れさせて、潤奈《じゅんな》が告げた。

「私も、好きだよ」

――真顔で。鼓動が跳ねる。心臓を鷲掴《わしづか》みにされた気分だ。

固まる俺に、潤奈が目を細めて笑った。いたずらっぽく付け足してくる。

「この曲」

「お、おう……」

潤奈がYOHILA《ヨヒラ》のJUN《ジュン》だということを知っても、潤奈に対する俺の態度や姿勢は変わらない。だが、潤奈はどうか？

正体を明かす前よりも一層、ぐっと距離が近づいたように思えた。

物理的にも、精神的にも。


「詩暮《しぐれ》。音楽を楽しむためには、何が大切だか分かる？」

イヤホンのコードを巻きながら、潤奈が問いかけてきた。位置は変わらず隣、肩が触れ合いそうな近さだ。俺は姿勢を直すついでに、さり気なく距離を空けて答える。

「なんだろう……いいイヤホンとかヘッドホン？」

「うん。それも大切だけど」

潤奈がすかさずお尻を浮かせ、空いた距離をゼロ──どころかマイナスにした。互いの肩が触れ合う。

「もっと大事なものがあるでしょ？」

耳元に口を寄せ、

「──耳」

と、ささやきかけてきた。夏の雨上がりに吹く風のような、湿った吐息が吹きかかる。

俺は思わず耳を押さえてばっと、大きく潤奈から離れた。

「は、はぁっ？　耳……？」

「耳が聞こえなきゃ聴けないからね。当然だよね」

潤奈がうんうんとうなずく。今度は追いかけてこなかった。

後ろの机に置かれたスクールバッグに、まとめ終わったイヤホンをしまい、ごそごそと漁《あさ》り始める。

「ってことで」

「……ってことで？」

「綺麗《きれい》にしようと思います」

そう言って潤奈《じゅんな》が取り出したのは、耳掻《みみか》きだった。竹でできた細い棒の先に平べったいへら、反対側に白いふわふわの毛がついている、ザ・耳掻きである。

「ってことで」

耳掻きを手にした潤奈が椅子に座り直し、自らの脚をぺちぺちと叩《たた》いた。

「どうぞ」

「ど、どうぞって……」

「ここに寝て、って言ってるの」

「いや、なんでだよ!」

「なんでって。耳掻きをするためだけど……」

「じゃなくて。なんで耳掻きするんだよ!?」

「耳を綺麗にして、音楽をより楽しんでもらうためだよ? そう言ったじゃん」

耳掻きを指揮棒のように振り、潤奈が呆《あき》れる。

「……これは、やっぱり掃除が必要。私の言葉が聞こえていないみたいだから。しっかり綺麗にしてあげなくちゃ……ってことで、寝て?」

——さっきから『ってことで』の繋《つな》ぎ方が乱暴すぎないか。

「いや、理屈は分かるんだけど。理由がよく分からないというか、展開が急すぎてついていけてないというか。耳掻きくらい、貸してくれれば自分でできるし」

「だめ」

流されまいと抵抗してみるが、潤奈は頑《かたく》なだ。

「自分ですると、見えないから危険。耳の中を傷つけるかも。他人にやってもらうのが、安心安全……ってことで、寝て？」

ぺちぺちぺちぺち。太ももをクラップして、急《せ》かす。

俺は教室の入口を見た。扉には鍵がかけられており、人が来ても途中で入ってくる心配はない。観念して両手を挙げる。

「……。分かったよ」

そして、潤奈の脚を見た。

スカートの裾から伸びる、真っ白い脚。

蛍光灯の光を受けて艶《つや》めく太ももはむっちりとしていて、薄いスカートの生地が内ももの谷間に食い込んでいる。そのため、脚全体の輪郭がはっきりと分かった。

というか、丈がいつもより短い——ような。

「舐《な》めるように見てないで、寝て」

「なっ、舐めるようには見て……ねぇよ」

否定の言葉が弱々しくなったのも、たぶん気のせい。

俺は潤奈の脚から視線を外し、上履きを脱ぐと、長椅子の上で横向きになる。

肩越しに『枕』の位置を確かめてから、慎重に上体を倒していった。

「ひゃふっ⁉」

後頭部が触れた瞬間、潤奈《じゅんな》が声を出す。

「……変な声出すな」

「く、くすぐったくて……」

潤奈が視線を逸《そ》らし、身じろぎをした。頭の後ろに柔らかな感触がある。くすぐったいのは俺も同じだ。

肉体的に、じゃなく精神的に。

教室の天井を背にした潤奈の顔を見上げる、新鮮なアングル。

大きく突き出し、下からの視界をさえぎる膨らみを見ると、改めて『発育いいな……』と思ってしまう。眺めていたら、潤奈がこつんっとデコピンをしてきた。

「顔。横向いて」

「……はい」

どっちに頭を傾けるかで一瞬迷うが、右側にし、左耳を差し出す。柔らかくひんやりとした太ももが頬《ほお》に触れ、右耳がスカートの生地にこすれた。

視界には、長机の下にある収納スペースと長椅子。無機質なその光景に意識を集中し、心臓の鼓動を抑える。雨音に紛れてくれるようにと。

「どれどれ……」

潤奈が耳孔を覗《のぞ》き込《こ》む気配。声が近づき、甘い匂いが濃くなった。

「……ふうん。案外、綺麗《きれい》だね」

　他人に耳の中を覗かれるのは初めての経験だったが、なんとも言えない小っ恥ずかしさがあり、俺はそわそわしてしまう。

「それじゃあ、早速――い、挿《い》れる……よ？」

「お、おう。優しく頼む」

「任せて。膜を破るときは、ちょっと痛いと思うけど……」

「この状態で変な冗談やめてくれない？」

膜＝鼓膜を突き破られたら、音楽を楽しむどころではない。本気で恐怖する俺に、潤奈が「ごめん」と謝った。

「真面目《まじめ》にやるから、動かないで」

「……。ああ」

瞼《まぶた》を閉じる。耳掻《みみか》きが耳孔にゆっくり差し込まれ、先端のへらで、かり……かり……と慎重に引っ掻いてきた。

　痛みは多少ある。だが気持ちいい。耳掻きと耳孔の壁、産毛がこすれるかさかさとした音が響き、鼓膜のそばで鳴る。

「…………」

　耳掻きに集中しているのか潤奈は無言、互いの息遣いだけが聞こえた。それから、遠く雨の音。目を閉じているぶん、視覚以外の感覚が鋭敏になっていた。

聴覚で潤奈《じゅんな》の呼吸と降りしきる雨の音、耳掻《みみか》きの音を感じ、
嗅覚で花と石けんが混ざり合ったような甘く官能的な匂いを感じ、
触覚で耳の中を引っ掻くへらの動きや、頬《ほお》に触れる滑らかな温《ぬく》もりを感じる。

「——わ。おっきぃのが取れた。後で見せるね」

「お、おう……」

掻いて、引き抜き、差し込んで掻き、引き抜いて挿《い》れ、かりかりと掻く。そんな動きを何度か繰り返した末、

「……うん。こんなもんかな？」

潤奈が呟《つぶや》き、耳孔に「ふぅっ」と息を吹きかけてきた。なんの合図もなしにそんな真似《まね》をされたため俺は驚き、声を上げてしまう。

「うわっ⁉」

「ひゃっ⁉」

潤奈の素っ頓狂な悲鳴が被《かぶ》った。

「詩暮《しぐれ》。動かないでよ、くすぐったい……」

「……潤奈こそ。いきなり耳にふぅってするな」

「掃除のためだよ。細かい耳垢《みみあか》を、吹き飛ばすため……ふぅっ」

「おぁっ⁉　や、やめろって！」

「ふふ。詩暮の反応、面白い。耳、真っ赤で可愛《かわい》い」

潤奈がくすくす笑う。俺は潤奈の表情が見たくて視線を動かそうとするが、冷たい手で顔を押さえられてしまった。

「だめ、動かないで。仕上げするから」

へらの反対側についている白い綿毛のようなものが挿れられ、動かされる。ふさふさの毛がこそばゆい。

「──ん。おしまい」

耳の孔《あな》から引き抜いた綿毛に「ふぅっ」と息を吹きかけ、潤奈が満足げに言った。俺は体を起こしかけるが、

「詩暮、まだ。次は右耳」

と潤奈に止められる。

「こっち向いて？」

「……はい」

俺は潤奈に言われるがまま、柔らかなひざ枕──というかもも枕の上で寝返りを打ち、体の向きを変えた。

するとと今度は目の前に、潤奈の体が来るわけで。

「右は、もう少し丁寧に……時間をかけてやろうかな？」

甘い薫りが、強くなる。心地《ここち》好《よ》さより恥ずかしさが勝る痛気持ちいいひとときは、もうしばらく続きそうだった。

一七時過ぎ。部活動に勤《いそ》しむ生徒たちが下校するにはやや早く、それ以外の生徒たちは既に多くが下校済みの時間帯。

「また明日《あした》」

ギターケースを背負い、スクールバッグを手に提げた潤奈《じゅんな》が、教室内の俺を振り返り、言う。俺は手を挙げ「おう」と応えた。

「また明日」

「……ん」

潤奈が視聴覚室を出ていく。扉が閉まり、静寂が取り戻されると、雨の音が急に大きく感じられた。ノイズキャンセリングイヤホンを外した瞬間のように。

「はぁ……」

深々と溜《た》め息《いき》を吐《つ》く。

潤奈が保健室登校であることを知り、赤城《あかぎ》も交えて昼食を摂《と》るようになってからは雨が降らなくても顔を合わせるようになったが、一緒に過ごす時間は限られている。昼休みは一時間に満たず、放課後を合わせても、せいぜい三時間程度だ。

もっと一緒にいたい、と思う。

「今日も誘えなかったなぁ」

口にしかけた『一緒に帰らないか？』という言葉が、喉に引っかかっていた。

潤奈とは知り合って以来、なんとなくここで別れるのがお決まりの流れになっており、一度も並んで教室を出たことはない。毎回『今日こそは』と思いながらも、いざとなるとためらい、言わずじまいに終わってしまう。

余計な注目を集めるんじゃないか、目撃されたら変な噂《うわさ》が立たないかと気を回し、呑《の》み込《こ》んでしまうのだ。

加えて、潤奈と視聴覚室で会う日はいつも雨。お互い傘を差しているため、並んで歩きにくいというのもあった。

なんていうのは、全て臆病な自分自身に対する言い訳なのかもしれないが。

「……まぁ、いいか。今のままでも、別に……充分」

俺はイヤホンをつけると、潤奈――JUN《ジュン》が作ったYOHILA《ヨヒラ》の曲を聴きながら照明を消し、施錠して、鍵を返しに行ってから、昇降口へ向かう。

傘立ての傘はまばらだ。そしてほとんどの傘は安物の透明なビニール製で、何かしらの目印がなければ見分けがつかない。

そんな中、とりわけ目立つ傘があった。

青紫色の傘。俺の頭に潤奈の姿が浮かぶが、潤奈はとっくに下校済みなので、違う生徒のものだろう。

俺は没個性的なビニール傘の群れを探ると、白い持ち手にYOHILA《ヨヒラ》のバンドロゴ・ステッカー（最新シングルCDの初回生産限定特典）が貼られた自分の傘を引《ひ》っ掴《つか》む。

そのまま外へ出ようとしたとき、柱の陰から人が飛び出してきた。タイミングを計ったように、小柄な女子生徒が。

「……っ!?」

俺は目を剥《む》き、イヤホンを外す。

「じゅ、潤奈《じゅんな》……まだ帰ってなかったのか？」

「うん。傘、盗まれちゃって」

潤奈が目を伏せ、悄然《しょうぜん》とうなだれた。

俺はちらりと傘立ての方を見る。透明な森の中、紫陽花《あじさい》めいた青紫は離れていても目を引いた。

「ビニール傘なら山ほどあるじゃん。拝借して、後日返せばいいんじゃないか」

「それは……ロックじゃないから」

――ロックとは。潤奈はローファーのヒールで床をこつこつ打ち鳴らし、

「他人のものを勝手に使うのはだめ……でも、雨はざあざあ降ってるよね。傘がなきゃ、ずぶ濡《ぬ》れだよね？　ってことで、詩暮《しぐれ》」

上目遣いに俺を見上げる。背中からギターケースが消えていた。

「……私も、入れて？」

「ギターは？」

「保健室に置いてきた。雨対策はしてるけど、できれば濡らしたくないからね……それに邪魔だし。重い。すごく肩がこる」

「なるほど。確かに毎日担《かつ》いで登下校するには、結構な荷物だよなぁ」

潤奈と並んで会話しながら、俺は周囲に視線を巡らせた。

幸い、昇降口に俺たち以外の人影はない。雨脚は激しく、雨どいからは大量の雫《しずく》が滝のように滴り落ちている。

「うん。それに、こっちも……邪魔で、重くて、肩がこる。ギターと違って置いてけないから、困ってる」

「……へぇ。大変だなぁ」

外に視線を向けたまま生返事を返し、安物のビニール傘を広げた。

「ほら、行くぞ。くだらないこと言ってないで――」

傘を握っている方の腕に、むにゅんっと柔らかいものが触れ、俺は言葉を詰まらせる。

雨の匂いに、花の薫りが混ざった。

「くだらない？　詩暮にとって『これ』はくだらないの？」

「く、くっつきすぎだ。少し離れろ」

「質問に答えてくれたら、離れるよ。詩暮《しぐれ》は大きいのとすっごく大きいの、どっちの方が好き？」

「小さいのっていう選択肢はないのか……」

「小さいのが好きなの？」

潤奈《じゅんな》の声が氷雨《ひさめ》のような冷たさを帯び、低くなる。俺は背筋を凍らせ、伸ばした。

「お、大きいのが好きです」

「身長は？」

「身長？　別にどっちでも――」

「………」

「ち、小さい方が好き……かな？　どっちかって言うと」

「合格」

――なんの試験だよ。俺の答えを聞いた潤奈が、くっつけていた体を離す。

が、近い。傘の直径は七〇センチくらいなので、二人で収まろうとすると、互いの腕が触れ合ってしまうのだ。屋根に守られている昇降口から踏み出した瞬間、雨粒がビニールを叩《たた》き、頭の上で炭酸が弾《はじ》けるような音を奏でる。

雨の匂いが濃くなるが、傍《かたわ》らから薫る甘い匂いは薄まらず、むしろ際立ったように感じられた。シャンプー、あるいはトリートメントの匂い。

潤奈の背は一五〇センチ前半と低めで、並ぶと俺の肩辺りに頭が来る。無言でいると、互いの体温が空気に溶け出し、混ざり合うような感覚がした。

沈黙を保ったまま、殺風景な車回しを通り過ぎ、人気《ひとけ》がない校門をくぐる。

潤奈が「……校門って」と口を開いた。

「あんまり口に出したくない単語だよね。ANALみたいで」

「どういう話題⁉」

並んで歩いている間、胸を高鳴らせて緊張し、必死に取っかかりを探していた俺が馬鹿みたいじゃないか。

「私、裏門を使ってるから。新鮮だなって」

「ああ……そういう」

「うん。誰かと一緒に帰るのも、雨の音を聴きながら歩くのも新鮮……いつもは独りで、ヘッドホンをしてるから。雑音《ノイズ》が耳に入らないように。けど──」

雨が傘を、街路樹を、街を打つ。ローファーが濡《ぬ》れたアスファルトを踏み、何台もの車が道路に溜《た》まった水を轢《ひ》き散らしながら、降る雨を弾《はじ》いて走り過ぎていった。人々の話し声。喧噪《けんそう》と雑踏。世界は音に満ちている。

「音楽以外の音を聴きながら帰るのも、たまにはいいね」

「……だな」

潤奈の体が濡れないように傘を傾け、うなずいた。

「俺も雨の日、潤奈と会った日はいつも一人で音楽聴きながら帰ってる」

「ふうん。誰の曲、聴いてるの？」

「お前《JUN》」

「だよね。知ってた」

潤奈が身じろぎをする。くすぐったそうに。そして、

「……実は、詩暮《しぐれ》と話す前から気になってたんだ。持ち手にYOHILA《ヨヒラ》のステッカーが貼られてる傘。一体誰のなんだろうって」

傘の持ち手を握る俺の手に、手のひらをそっと重ねた。

「やっぱり、詩暮のだったんだ……」

俺の体が濡れないようにか、潤奈が傘を逆側に傾けさせる。同時に体をぐっと近づけ、二の腕を密着させてきた。

「嬉《うれ》しい」

さらには肩にことんと頭を預け、安堵《あんど》が滲《にじ》む声で呟《つぶや》く。ここは都会のド真ん中だ。

「じゅ、潤奈……近いって」

「濡れないためだよ。私と詩暮の両方が」

「いや、俺はいいから――」

「しっ」

潤奈が騒ぐ俺を黙らせ、密着したままスマートフォンを取り出した。

慣れた手つきで録音アプリを起動し、鼻歌を唄《うた》い始める。おかげで、俺は何も言えなくなってしまった。

潤奈《じゅんな》の——JUN《ジュン》のメロディーが、耳元で流れる。彼女の『心』が奏でる旋律。それは明るく、清らかで、透明なサイダーのようにさわやかだった。

俺の歩みが遅く緩やかになったのは、濡《ぬ》れたアスファルトと靴底が立てる足音で、彼女の歌に水を差したくないと感じたからか。

それとも歩みを遅くすることで、一分一秒でも長く一緒にいたいと思ったからか。

たぶん両方なのだろう。

学校から最寄り駅までの約一〇分がひどく短く、濃く感じられた。

「……あのさ」

潤奈の鼻歌が終わったタイミングで、俺は言う。駅が近づき、行き交う人の量が増えてきたからか、潤奈がすっと体を離した。スマホをしまい、俺を見つめる。

俺は足を止め、傘の下、潤奈と視線を絡ませた。

「もしよかったら——」

——と、そのとき。正面から走ってきた大型のトラックが擦れ違いざま、道路の凹《くぼ》みに溜《た》まっていた雨水をばしゃあっと跳ね上げる。

車道側を歩いていた俺は、咄嗟《とっさ》に傘を向けようとして——しかしそれでは潤奈が濡れてしまう、と自分の体を盾にした。

「きゃっ⁉」

俺の背中に冷たい水がかかり、潤奈が悲鳴を漏らす。バケツの水をぶっかけられたようだった。排気ガスの臭いを孕《はら》んだ風が吹く。

「詩暮《しぐれ》っ！　だ、だだ、大丈夫⁉」

潤奈が珍しく狼狽《ろうばい》し、あわあわと問いかけてきた。その反応が見られただけでも、水を被《かぶ》った甲斐《かい》がある。

「……ちょっと待ってて。あの運転手、ギターで殴り倒してくるから」

「お前が待て。今はギターも持ってないだろ。落ち着け」

駆け出そうとする潤奈を制し、潤奈側に傾けている傘を戻した。

「俺は大丈夫だよ。軽く濡れただけだし……」

「軽く？　ずぶ濡れじゃん」

潤奈の言う通り、俺は背中を中心にびしょ濡れ、傘なしで通り雨にでも降られたような有様だった。前髪から雫《しずく》が滴る。

「……こっち」

潤奈が俺の袖を引き、近くの軒下に移動した。

シャッターが閉まっている店の前。俺が傘を畳んでいると、潤奈が鞄《かばん》の中からハンカチを取り出し、

「私のこと、かばってくれたの？　濡れないように」

濡《ぬ》れた体を甲斐甲斐《かいがい》しく拭いてくれる。傘の下ほどではないが、限られた軒下の空間で向かい合う格好だ。

俺は潤奈《じゆんな》から視線を逸《そ》らし、頰《ほお》を掻《か》きながら答えた。

「……まぁ、反射的にな。濡れなかったか？」

「うん。私は大丈夫」

背中を拭くため潤奈が腕を回すと、まるで抱きつかれているようになる。その状態で、潤奈が呟《つぶや》いた。耳元で、

「けど、別の意味では濡れた……かも？」

「…………」

聞こえなかったふりをする。

「ラブホ行く？」

「お前は何を言っているんだっ⁉」

突拍子もない発言に驚き、身を離す俺。潤奈は無表情に、

「いや、思ったよりも濡れてたからさ……あ、私じゃなく詩暮《しぐれ》がね。服までぐっしょり。このままじゃ風邪引いちゃいそうだし、休んだ方がいいかなぁって。服を乾かせて、体も温められて、ゆったりできる場所。＝ラブホテル。ＱＥＤ」

「………。なるほど？」

俺はあごに手を添え、目を閉じた。

「確かにホテルなら服を乾かすドライヤーがあって、温まれるお風呂があって、休憩するためのベッドもあるな。ナイスアイディア――なわけあるか、馬鹿！」

「いたっ」

頭にチョップを落とす。潤奈が両手で頭を押さえ、ジト目で睨《にら》み上げてきた。

「お触りは許すけど、暴力《DV》はだめ」

「また、そういう冗談を……」

「……でも詩暮、さっき言いかけてたよね？」

「さっき？」

トラックに水を引っかけられる直前だろうか。

『……あのさ』

『もしよかったら――』

「この後、ラブホテル行かないかって」

「言おうとしてねぇわ！　俺のイメージどうなってんだ⁉」

初めて一緒に下校した道草がホテルは、ヤリチンクソ男ムーヴが過ぎる。

「――『今度から一緒に帰らないか？』って訊《き》こうとしただけだ」

湿った前髪を弄《いじ》りながら、告げた。

潤奈が「ん……」と目を瞬《しばた》く。

「雨の日、視聴覚室で過ごした後に。他の生徒に見られる危険性はあるけど――」

「いいよ」

まだ話をしている途中で潤奈《じゅんな》が首肯し、きっぱりと言った。

「見られてもいい。詩暮《しぐれ》と過ごす時間が増えるなら」

「……。そうか」

もっと一緒にいたい。俺が抱いているそんな気持ちを、潤奈も抱いてくれていたようで嬉《うれ》しい。体はびしょ濡《ぬ》れで冷たかったが、胸に温かい感情が広がっていく。

「ところで」

潤奈がこてんっと首を傾《かし》げた。

「結局ホテルには行くの？」

「行かねぇよ馬鹿」

「いたっ」

二度目のチョップを落とされて、潤奈が涙目になる。

「……この程度で、風邪なんか引かないし。俺はお前と違って馬鹿じゃないけど、陸上で鍛えてるから。心配すんな」


どうやら、風邪を引いてしまったらしい。

潤奈と帰った翌日、天気は連日の雨。朝起きたときはそうでもなかったのだが、登校中の満員電車に揺られている辺りから徐々に気分が悪くなり、二時間目の授業が始まる頃には熱で頭がぐらぐらするほどにまでなっていた。

「すみません……保健室、行ってもいいですか？　あ、付き添いは要りません」

たまらず挙手をし、担当教諭の了承を得て、立ち上がる。

「──お。逢《あ》い引《び》きかい、詩暮？」

陽次郎《ようじろう》がすかさず小声でからかってくるが、俺の顔色を目にした瞬間「……お大事に」と気遣った。教室後方の扉に向かう際、

「──お。逢い引き……じゃないみたいだね。お大事に」

山田《やまだ》もそっくり同じような反応をする。さすがは幼なじみだ。

教室を出た俺は、灰色の空から降る雨が窓ガラスを叩《たた》くのを横目に見つつ、薄暗い廊下を歩いた。教室を通り過ぎ、階段を降りると、喧噪《けんそう》は遠くなり、泥のような静寂が周囲を埋める。

聞こえるのは、雨の音だけ。

意識が沈んでしまいそうになるが、重く気怠《けだる》い体に鞭《むち》を打ち、床に描かれた白線の上をふらふらと進んだ。

そうして、ようやく辿《たど》り着《つ》いた保健室の扉にかけられている札は『不在』──構わずにノックをし、返事も待たずに中へと入る。

扉を開けるのと同時、一番奥に置かれたベッドのカーテンが、しゃっと勢いよく閉められるのが見えた。俺は苦笑し、カーテン越しに声をかける。

「……潤奈《じゅんな》。俺だ」

「詩暮《しぐれ》？」

カーテンの隙間から、潤奈が顔だけを覗《のぞ》かせた。

「どうしたの？　顔が悪いよ？」

それを言うなら『顔色』だ。顔が悪いはシンプルに悪口だろう——と、ツッコむ気力もない。手前のベッドに倒れ込む。

「し、詩暮っ！」

潤奈が慌てて駆け寄ってきた。心配そうに覗き込み、

「体調悪いの？　風邪引いちゃった？」

「……みたいだ。熱っぽい」

「あわわ。た、たたたた、大変！」

潤奈があたふたとする。

「看病イベントっ」

「看病イベント……？」

訝《いぶか》しむ俺に背を向け、潤奈がスマホを操作した。

「……あ、もしもし。先生？」

赤城《あかぎ》に連絡したらしい。呼び戻してくれるのだろう——

「すみません、追加で借りてきてほしい映画が……はい……『ボヘミアン・ラプソディ』です。なんか、急に観《み》たくなって」

——と思ったら、妙な会話をし始めた。まさかレンタルショップに行ってもらっているのか？　勤務中だぞ。

「……え、もう借り終わって戻ってるとこ？　こ、困るなぁ……どうしても観たいなぁ、フレディ・マーキュリー。観たい、観たい、観たいっ」

潤奈がだだを捏《こ》ねる。頭が痛くなってきた。

「……ん。ありがとうございます！　ゆっくりでいいですからね？　ゆっくり……」

潤奈が赤城との通話を終える。腕を組み、頬《ほお》に拳を当てて、無表情な顔をわざとらしくしかめた。

「うーん、困ったな……先生、すぐには戻ってこられないみたい」

お前がさっきそうしたからな。全部ばっちり聞いてたぞ——と言いたいが、体が怠《だる》く、面倒臭い。俺は無言で、うつ伏せから仰向《あおむ》けになり、手の甲を額に当てる。焼けるように熱かった。

「とりあえず、熱計ろっか。体温計、体温計……」

潤奈がデスクの引き出しを開ける。体温計らしきものがちらりと見えた。

「…………。ないなぁ？」

いや、あっただろ——と思うが、熱で頭がぼんやりしているし、俺の見間違いだったのかもしれない。一通り室内を探った潤奈《じゅんな》が、手ぶらのまま戻ってくる。

「仕方ない」

潤奈がベッドのそばに立ち、俺を見下ろした。

「手で計らせてもらうね。どれどれ……」

そろそろと伸ばされてきた潤奈の指が前髪をどけ、手のひらが額に触れる。柔らかく、冷たい。

熱というより感触を確かめるように、さわさわと撫《な》でられた。

「……手じゃよく分からないなぁ」

「いや、分かるだろ。明らかに熱いんだから……」

「病人は黙ってて」

怠《だる》さを押し殺してツッコミを入れたら、ぴしゃりと言い放たれてしまった。潤奈が俺の額から手を離し、前髪を持ち上げて、自身の白い額を覗《のぞ》かせる。

そして、顔を近づけてきた。

「!? ちょっ——」

潤奈の目が閉じられる。一瞬キスでもされるのかと思った——が、違った。重ねられたのは、唇じゃなく額だ。

「………」

一秒、二秒、三秒、四秒、五秒——

長く引き伸ばされた時間が震える。

雨の音と、冷房の音。

呼吸の音はない。お互い息を止めていた。

顔が、かぁっとさらに熱くなり、温《ぬく》もりが触れた額で混ざり合う。

「……。すごい熱」

やがて潤奈《じゅんな》が額を離し、呟《つぶや》いた。持ち上げられていた前髪がさらりと流れ落ち、紫陽花《あじさい》のカラーが透ける。俺を見つめて目を細め、

「顔も真っ赤だし」

潤奈自身も真っ赤な顔で、告げてきた。

「これは看病が必要。先生が戻ってくるまで、私が詩暮《しぐれ》を看《み》てあげる」


「詩暮。お水、要る？」

消毒液の匂いが満ちる、冷房が利いた部屋。ベッド脇のパイプ椅子に腰かけた潤奈が、五〇〇ミリペットボトルのミネラルウォーターを手に訊《き》いてくる。

俺は「……ああ」と答え、体を起こした。すると潤奈はキャップを開け、

「飲ませてあげよっか。口移しで」

いつもの調子で冗談を口にする。しかし、

「ああ、頼む……」

熱で意識が朦朧《もうろう》としている俺は潤奈の言葉を理解しきれておらず、すんなりうなずいてしまった。潤奈が「えっ」と面食らい、戸惑う。

「じょ、冗談なんだけど」

「冗談？　いいから、早くくれ。喉が渇いた……」

「あわわわわ」

急《せ》かされ、潤奈がうろたえた。俺は眉をひそめる。

「……なんだよ。早くくれって。喉が――」

「わ、分かったよ！　……んっ……」

潤奈が意を決した様子で、ペットボトルに口をつけた。俺はますます眉をひそめる。

「なんでお前が飲むんだ？」

「んーっ、んーっ」

「分からん。飲み込んでから喋《しゃべ》ってくれ」

「むーっ、むーっ」

頬《ほお》をぱんぱんに膨らませた潤奈が、自身の口元を指差すのだが、やはりまったく意味が分からなかった。こいつは、何を伝えたいんだ？

「……もういい。寄越《よこ》せ」

潤奈《じゅんな》の手からペットボトルを奪い、飲む。潤奈が水を嚥下《えんげ》し「……あ」と呟《つぶや》いた。

「か、間接キス……」

「なんて？」

「な、なな、なんでもないよっ」

潤奈がうつむき、もじもじと身をよじらせる。その耳が赤く火照《ほて》っているのを見、俺は言った。

「てか、看病とかしなくていいぞ。風邪、移したら悪いしさ……困るだろ。仕事に支障をきたしたら。最近『納期がやばい』とか話してたじゃん」

保健室登校とはいえ、潤奈は学業とプロの音楽活動を同時にこなしているのだ。体調を崩してしまえば、スケジュールなど様々なところに影響が出る。

ＹＯＨＩＬＡ《ヨヒラ》はライブを一切行っていないため、通常のアーティストほど忙しくはないだろうが、それでも。商業としてやっている以上、簡単には休めないはず。

「ん。それは……そうなんだけど」

潤奈が髪を弄《いじ》る。黒に紫が混ざった毛先を人差し指にくるくる絡め、

「詩暮《しぐれ》と過ごす時間も大事、だし……」

上目遣いに俺を見つめた。

「詩暮からもらう風邪なら、むしろ嬉《うれ》しい」

「……どんなプレゼントだよ」

「そもそもっ」

潤奈が、ずいっと身を乗り出してくる。互いの息がかかる距離まで顔を寄せ、

「詩暮が風邪を引いたのは、私の代わりに水を被《かぶ》ったせいなんだから。私が看病するのは当たり前。義務。贖罪《しょくざい》」

「贖罪て……」

「――あと」

身を引く俺の鼻先に、潤奈が人差し指を突きつけた。

「詩暮が風邪を引いた理由は、もう一つ。私がした『提案』通りに休まなかったから……今度また、同じような状況になったら」

突きつけていた指を、潤奈が自らの唇へと持っていった、まさにそのとき。保健室の扉が音を立てて開き、

「次はホテル行こうね」

「……っ！」

「……。お前たち」

最悪のタイミングで現れた赤城《あかぎ》が、マスクの下で溜《た》め息《いき》を吐《つ》く。

「ここのベッドをそんな行為に使うな。雨森《あまもり》が言うように、ヤるならよそでヤれ。それとサボりは許さんぞ、栗本《くりもと》？」

俺は激しい頭痛と眩暈《めまい》に襲われ、現実から逃れるように意識を手放した。


「こいつは私が送っていく」

三七度九分。赤城《あかぎ》に改めて熱を計られた俺は、めでたく早退することになった。潤奈《じゅんな》に傘を差してもらい、赤城の後に続いて駐車場へ向かう。

「……私も一緒に行くっていうのは？」

「だめだ」

赤城の返事はにべもない。和傘のようなデザインの紅《あか》い傘を肩に、振り返る。

「今は『大切な時期』だろう？　風邪が移ったら大変だ」

「……。むぅ」

潤奈が呻《うめ》いた。傘が揺れ、表面に溜《た》まった雨がぱたたたっと落ちる。

潤奈の傘は青紫色だった。

昨日、俺が傘立てで見かけた傘だ。つまり潤奈はあのとき傘を盗まれてはおらず、嘘《うそ》を吐《つ》いていたことになる。

動機は分かりきっていた。俺と二人で下校する『口実』を作るため——

「詩暮《しぐれ》」

あの日と同じ傘の下、潤奈がささやきかけてくる。熱い吐息が首筋をくすぐり、濡《ぬ》れたアスファルトの匂いに混ざる甘い薫りが鼻孔をくすぐった。

「ゆっくり休んでね」

「ああ……」

「治ったら、お出かけしよう？」

「……ああ」

どさくさに紛れしれっと約束を取りつけられたが、俺としても大歓迎だ。微笑《ほほえ》みかけ、首肯する。潤奈が「やった」と、表面上は無感情に喜んだ。

しかしよくよく眺めてみれば、目尻に微《かす》かなしわができていたり、唇の両端がわずかに持ち上がっていたり、声のトーンがほんの少しだけ上がっていたり……と、感情の発露が見て取れる。潤奈のそんな変化に気づくたび、俺の心は温かくなるのだ。

「乗れ」

やがて車に到着すると、赤城が傘を畳んで先に乗り込んだ。俺は怪訝《けげん》に思う。

「……先生？　そっちは助手席ですよね？」

「外車だ。左が運転席で、右が助手席」

「が、外車……」

黒いスポーツカー。俺は車に詳しくないため車種までは分からなかったが、外観も車内もデザインが洗練されており、凄《すさ》まじく高そうだった。

「……養護教諭って、そんなに稼げるんですか」

おののき、潤奈《じゆんな》に傘を差してもらいながら乗る。車高が地面すれすれだ。

「じゃあ、またね。詩暮《しぐれ》の体調より、先生が事故を起こさないか心配」

「安心しろ。車で事故を起こしたことは、人生で二回しかない」

二回もあるのか……。俺は入念にシートベルトをしめた。

「安全運転を徹底しろ」だの「事故ったら罰金一億」だのとぶつくさ続ける潤奈の声を、ドアを閉めてさえぎり、赤城《あかぎ》が車を発進させる。雨の中、紫陽花《あじさい》がプリントされた青紫の傘を差した潤奈が手を振り、見送ってくれていた。俺の姿が見えなくなるまで。

「――さて。最寄りだと短すぎるな……お前、自宅は？」

「吉祥寺《きちじようじ》です」

「中央線か。なら新宿《しんじゆく》まで送ろう。飛ばせば一五分ほどで着く」

「……安全運転でお願いします」

低い車窓の外を、西池袋《にしいけぶくろ》の街が雨粒と共に流れていく。俺は赤城の横顔を窺《うかが》った。

「雨森《あまもり》のことなんだがな」

俺が尋ねるまでもなく、赤城が早々に切り出す。潤奈に聞かれず、二人で話をしたいがために、俺を送ると言い出したのだろう。

「あいつのマネージャーは、私の友人なんだ」

「マネージャーが、先生の……」

熱に浮かされた頭で、ＹＯＨＩＬＡ《ヨヒラ》の記事に載せられていた内容を思い出す。

「ＦＡＢＬＥ《フェイブル》　ＲＥＣＯＲＤＳ《レコード》でしたっけ。そこに勤める人ですか？」

「……いや、違う。まだ正式には発表されていないが、ＹＯＨＩＬＡは既に移籍済みで、近々メジャーデビューが決定している」

俺はそれほど驚かなかった。ＹＯＨＩＬＡの人気、動画共有サイトに投稿された楽曲の再生数などを鑑《かんが》みれば、むしろ遅すぎるようにさえ思える。

「私が先にＹＯＨＩＬＡを知って、友人の音楽事務所に紹介したんだよ。それが半年ほど前。現在はその友人が雨森――ＹＯＨＩＬＡのマネジメントを担当し、レーベルの連中とメジャーデビューに向けた準備を進めている段階だ」

「……なるほど」

音楽は流されていない。雨音と空調の音、車の走行音だけが、仄《ほの》かにミントが薫る車内の空気を満たしていた。

「先生は、潤奈が入学する前から面識が？」

「ああ。うちの高校を受験するよう勧めたのは、私だからな。うちなら、私が校長にかけ合い、保健室登校を許可させられる。音楽活動と学業の両立もしやすいだろう、と」

「校長の弱みでも握ってるんですか」

「……。雨森とは」

俺を無視してアクセルを踏み、赤城は続ける。

「YOHILA《ヨヒラ》のJUN《ジュン》とは、知人に引き合わせてもらった。レコーディングに携わっているエンジニアやスタジオの人間に、何人か知り合いがいて」

「どんな人脈持ってるんですか⁉」

「昔の繋《つな》がりだ。栗本《くりもと》、お前……ENDY《エンディー》というバンドを知っているか？」

「知っていますよ。邦楽好きで、ロック好きなら誰でも知ってます」

ENDYは、俺が小学生の頃に活躍していた四人組のガールズ・ロックバンドだ。

アニメや映画の主題歌を何本も担当し、地上波の音楽番組などでも見かける機会が多い人気バンドだったが——三年前、突如として解散を発表。日本ツアーをしめくくる武道館《ぶどうかん》でのライブを最後に、表舞台から姿を消した。

ハードロックやミクスチャー、ヘヴィメタルやポストハードコアを下敷きにした演奏はガールズバンドらしからぬ苛烈さで、圧倒的な歌唱力を誇るハスキーなボーカルも含め、最強にかっこいい。俺が邦ロックにハマるきっかけになったバンドの一つでもある。

「その元ボーカルが、私だ」

「…………は？」

耳を疑った。

俺は運転席に目を向け、マスクで隠された横顔を注視する。

「え、ええっと……聞き間違いですかね？　赤城《あかぎ》先生がENDYの元ボーカルだって暴露された気がするんですけど」

「私がＥＩＭＥＥ《エイミ》だ。赤城栄美《えいみ》」

「サインくださいっ！」

「運転中だぞ」

赤城が苦笑する。メイクの仕方を変えているのか、目元だけでは赤城＝ＥＮＤＹのＥＩＭＥＥだとは分からず、バンド時代の鮮血を被《かぶ》ったような赤髪ベリーショートは、なんの変哲もない黒髪ショートに変わっていたが、

「こうなるのが面倒だから、ずっとマスクをしてるんだ……」

金属的なハスキーボイス。マスクで多少くぐもっているものの、正体を知らされた上で聴けば、声音は確かにそれっぽい。

「……。音楽に限らず、創作はしばしば『魂を削る行為』だと云《い》われる」

赤城の正体を知った俺が緊張し、押し黙ってしまっていると、赤城が独り言《ご》ちるように呟《つぶや》く。紅《あか》いシャドウに彩られた目で前を向いたまま、

「創作物は創作者の中で、己を形作るものから生み出されるからだ。心の海の深い場所にまで潜り、何万何億という砂の中から探り当てた宝石を、削り、磨き上げていく作業……潜る過程で窒息することもあるし、何度潜っても一向に宝石が見つからないこともある。磨いている最中で、それまで宝石なのだと信じていたものが石ころに過ぎなかったと気がつくこともあるだろう」

赤城は淡々と語った。横顔からも声からも、感情を読み取ることはできない。

「そうしてようやくできあがった作品を世に発表すれば、待っているのは他人からの情け容赦ない評価だ。作品が傷つくことは作者自身の魂が傷つくことに等しく、だからこそ、耐えがたい。心が砕け、二度と戻らなくなる者もいる……まぁ私が辞めたのは、まったく別の要因だが。己の魂を削り、曝《さら》しながら生きるのは、並大抵のことじゃないんだ」

三年前、人気絶頂にあったENDY《エンディー》が解散を決めた理由は、メンバーからのコメントという形で発表されている。ただ、そこに記された想《おも》いが全てとは限らない。赤城《あかぎ》の目元に落ちた深い翳《かげ》りが、仄昏《ほのぐら》い想像を掻《か》き立てた。

「それでも、私にはメンバーがいた。苦楽を共にし、分かち合える仲間が。しかし、YO《ヨ》HILA《ヒラ》のJUN《ジュン》は——雨森《あまもり》は、今たった一人だ。仲間《メンバー》はいない」

これが本題なのだろう。赤城の声と、ハンドルを握る手に力がこもった。

「インディーズからメジャーになれば、これまで以上に大きな反響がある。よいものも、悪いものも……様々な人間の様々な感想や意見が、雨嵐のように降り注いでくるはずだ。心が、崩れそうになる。そんなとき」

前方を走る車のテールライトが、赤城の横顔を赤々と染め上げる。交差点の信号が赤に変わった。優しく、緩やかにブレーキを踏み、

「お前が傘になってやれ」

赤城が俺を見た。

「雨森を支えてやってもらいたい。私やマネージャー、周りの大人ももちろん支えるが、所詮大人だ。若い奴《やつ》との立ち位置はどうしても離れてしまう。だから、栗本《くりもと》――」

と、赤城がマスクをずり下げる。隠されていた素顔を晒《さら》し、さえぎるもののない声で、真《ま》っ直《す》ぐに告げてきた。

「雨森を頼む」

「先生……」

ウィルスによるものではない熱が込み上げ、俺は言葉を詰まらせる。

視界の端では雨粒がフロントガラスを叩《たた》いて伝い、ワイパーが不規則なメトロノームのように動いて、歩行者用の青信号が点滅していた。それが赤へと変わる間際に、ようやくうなずく。

「……はい」

赤城の目を見つめ返し、力強く――応えられたら、よかったのだが。

ノーマスクの赤城が放つオーラに気おされたのと、自分みたいな一般人が音楽家として生きる潤奈《じゅんな》の支えになれるのかという不安で、

「が、頑張ります……」

なんて、頼りない返事をしてしまう。

赤城が紅《あか》い唇を歪《ゆが》め、笑った。

「――ああ。期待している」

そして再び車を走らせながら、片手でオーディオディスプレイを操作し、

「風邪で体調を崩しているときに、すまなかったな……お詫《わ》びに」

現在は廃盤になってしまったインディーズ時代の音源も含めた、ＥＮＤＹ《エンディー》の全トラックリストを表示する。

「駅に到着するまでの間、生歌を聴かせてやろう。私たちの音源に被《かぶ》せて……リクエストはあるか？」

Interlude　Rain or Shine

『──お疲れ様です。進捗はどうですか？』

いつもより早く帰宅し、デスクで作業していると、マネージャーの小手川《こてがわ》さんから連絡が来る。私は通話をスピーカーモードにし、答えた。

「悪くはないです」

『というと？』

「曲は、ほぼできました」

『ふむ。あとは詞ですか。なら、間に合いそうですね』

小手川さんが安堵《あんど》したように言う。

移籍に伴い、新しくマネージャーになった小手川さんは赤城《あかぎ》先生の友人で、大人らしい落ち着いた物腰の女性だ。口調も柔らかく、赤城先生とは大違い。

「……はい。たぶん……」

『たぶん？　ちっちゃい声でたぶんって言いました、今？』

けど、こんな風にちょくちょく詰めてくるところは恐《こわ》く、赤城先生と仲がいいのも納得だった。二人とも、醸し出される圧が強い。

『まぁ、多少の遅れは構いませんけれどね』

私が萎縮していると、小手川《こてがわ》さんがすかさずフォローを入れてくる。

『JUN《ジュン》さんが納得いくものを、とことん作り上げてください。メジャーデビューの一発目ですから。思いきり、ぶちかましてやりましょう？　鳩尾《みぞおち》に拳を捻《ね》じ入れるがごとく、こう、ずどんって！　音楽シーンに殴り込みですっ！』

「は、はい……」

——この人あれだ、昔はヤンチャだったタイプだ。表面上は穏やかだけど、気性は赤城《あかぎ》先生以上に荒い。演奏《プレイ》を聴いても、そう思う。

『私たちは失敗しちゃいましたから』

と、小手川さんの声に憂いが混ざった。

空気が硬く、切れる直前の弦みたいにぴんっと張り詰めたような気がして、私は思わず息を詰める。

『インディーズからメジャーに移るとき、周りの意向やニーズに合わせて音楽性を大きく変えて。結果的には売れましたけど……いや、売れたからこそ、あのときに生まれた歪《ひず》みが、最終的に私たちの結束《バンド》を崩し、壊した』

YO《ヨー》こと小手川耀《よう》さんは、ENDY《エンディー》の元ギタリスト。三年前にバンドが解散してからはプレイヤーを引退し、小さな音楽事務所を立ち上げた。

そこに一体どんな理由や、経緯があったのかは知らない。分からない。けど——

『YOHILA《ヨヒラ》には、JUNさんには、そうなってほしくないんです』

――想《おも》いは伝わってくる。YOHILAというバンドや私、そして音楽に対する、歪《ゆが》みのない感情は。

だから、私は取ってみることにしたんだ。

小手川さんと、赤城先生の手を。

『流行《はや》りがどうとか、ウケがどうとか、市場がどうとか……そんなことは一切考えなくていいです。何度かお伝えしている通り、メジャーだからと、大衆に寄せる必要もない……JUNさんは、ただJUNさんがやりたいように、これまで通りのYOHILAを貫《つらぬ》いてくれれば』

「……はい。ありがとうございます」

小手川さんはYOHILAの音楽を高く評価し、尊重してくれている。

音楽性を無理に変えたくないというのは私自身の意向でもあり、移籍のときに掲示した条件なので何も問題はない。

ないはずだった。

「………………。はぁ……」

小手川さんとの通話を終えて、私は深い溜《た》め息《いき》を吐《つ》く。

白いルーズリーフ。

そこにはただの一文字も、綴《つづ》られていなかった。

4　紫陽花《あじさい》と亡霊

潤奈《じゆんな》から『少し早いけど着いた』というメッセージが届いたのは朝の九時過ぎ。約束の二時間前だった。

アラームより一時間以上も早くＬＩＮＥの通知で起こされた俺は、慌てて出かける準備をし、ばたばたと家を出る。

空は快晴。前日が雨だったため、空気は重く、蒸し暑い。灼《や》けたアスファルトから立ちのぼるねっとりとした熱気の中を駆け、待ち合わせ場所に向かった。赤信号で息を整え、休んでも、一〇分足らずで着く距離だ。

「悪い、お待たせ――」

「遅いよ詩暮《しぐれ》」

吉祥寺《きちじようじ》駅北口にあるアイスクリーム屋の前、俺に気づいた潤奈がヘッドホンを下ろし、責め立ててくる。俺は額の汗をぬぐい、抗議した。

「お前が早すぎるんだ。二時間前は『少し』じゃないだろ」

「……『少しでも長く一緒にいたいから、だいぶ早いけど着いた』の略だよ？」

「え？　お、おう……って、分かるか、そんな略！」

潤奈得意の無表情ボケにたじろぎながらも、ツッコむ。

潤奈は「……むぅ」と不満げに唸《うな》るが、あきらめたようにスマホをしまい、心配そうに訊《き》いてきた。

「体調は？　ぶり返したりしてない？」

「ああ。しっかり休んだからな」

俺が先日学校を早退したのが木曜で、今日は日曜。金曜は大事を取って欠席したため、潤奈とは三日ぶりに顔を合わせたことになる。

またその間、ＬＩＮＥ上で出かける約束をしたのだが、

ＪＵＮ《ジュン》：詩暮はどこ住み？
詩暮：吉祥寺だな
ＪＵＮ：じゃあそこで

という短いやり取りを経て、すんなりと行き先が決まった。

「――ていうか」

俺は潤奈をまじまじと見る。

「服……」

初めて目にする潤奈の私服はオーバーサイズの白いＴシャツに黒のタンクトップ、黒い厚底ショートブーツ。

足首からは髪色と同じ青紫と黒、ストライプ柄のソックスが覗《のぞ》いていた。首には細いチョーカー。バッグはゴツい金属のパーツが目を引く黒革のミニショルダーで、ギターケースは背負われていない。

「割とボーイッシュなんだな」

「うん。ロックでしょ？」

「ロックというより、ちょいパンクな感じ？　よく似合って――」

と、潤奈《じゅんな》がおもむろにTシャツの裾を両手で掴《つか》み、勢いよくめくり上げた。

真っ白い素脚が伸びる、Tシャツにしては長くワンピースにしては短い中途半端な長さの裾を。

「ちなみに、下はパンツだよ」

「…………………」

「デニムのショートパンツ――いたっ」

潤奈の脳天にチョップを落とす。声を荒らげ、

「び、びっくりさせるな！　また、穿《は》いてないかと……」

「――『また』？」

「……。なんでもない」

いつかの放課後、土砂降りの日に見た光景を頭の中から追い出した。咳払《せきばら》いをし、話を戻す。

「と、とにかく！　似合ってるよ、うん。すごく」

「……ん」

褒められ、潤奈が相好を崩した。

目が微《かす》かに細められ、口元がほころんだだけ——だが、俺には潤奈が喜んでくれたのだと分かる。頬《ほお》もほんのりと赤らんでいた。

「詩暮《しぐれ》も」

潤奈が俺を頭の先から足の先まで、じっくりと眺める。

「……シンプルだけど、似合ってる」

俺の格好はアイスグレーのTシャツに黒のスラックス、白いスニーカーだ。

「そのヘイスミス、本革？」

「スタンスミスな。ああ、服は安物なんだけど、そのぶん靴に金をかけてる」

「へぇ。なんで？」

「なんでって……」

以前、そうした方がお洒落《しゃれ》に見えるとアドバイスされたからだ。陽次郎《ようじろう》の奴《やつ》に。

「陸上部だからだよ。靴、大事だろ？」

素直に答えるのはかっこ悪い気がして、それっぽいことを言う。潤奈が「ふぅん？」と俺を見上げた。

「なんだ……てっきり『そうした方がお洒落に見える』とかいう、小賢《こざか》しい理由かと」

──言われてるぞ、陽次郎《ようじろう》。

「詩暮《しぐれ》、微妙に陽キャの臭いがするし……」

「どこがだよ」

「チャラ男とギャルが友達《ともだち》なとこ。あと、運動部なところ」

「前者はともかく、後者は判定緩すぎるだろ。それを言ったらバンドやってる方が陽で、チャラいんじゃないかと思うけど」

「そうでもない。バンドマンは意外と陰キャ率高め……脳内ピンクの、ヤリチン男も多いけど。ROCKよりFUCKみたいな」

「……。バンド絡みで嫌なことでもあったのか？　話、聞くぞ？」

「出た『話聞く』……ヤリチン男の常套句《じょうとうく》」

などと立ち話をしていたら、ぬぐった汗が滲《にじ》み出《で》てきた。小休止を入れる。

「とりあえず、移動しないか。冷房が利いてるとこに」

潤奈《じゅんな》が早く来すぎたおかげで、あらかじめ目星をつけていた店はまだやっていないが、全国チェーンのカフェやファストフード店なら開いているはず。

汗一つかいていない潤奈が「そうだね」と首肯した。

「行こっか。詩暮のおうち」

「いやいや。お前の方がヤる気満々じゃねーか、脳内ドピンクガール」

場所が地元に決まった時点から、この流れは読めている。

俺は潤奈の軽口を受け流し、商店街へと足を運んだ。


「そういえば」

名古屋《なごや》発の喫茶店。臙脂色《えんじいろ》のソファに座り、グラスではなくステンレス製のジョッキに注がれたアイスコーヒーで舌を湿らせてから言う。

「赤城《あかぎ》先生って、ＥＮＤＹ《エンディー》のＥＩＭＥ《エイミ》さんだったんだな……？」

「ん──」

スプーンを咥《くわ》えた潤奈が、俺を見る。注文したのはクリームソーダで、靴の形の特徴的なグラスを満たすメロンソーダの上に、アイス代わりのソフトクリームがこんもりと乗せられていた。

「……聞いたの？　先生の口から」

「ああ。この前、送ってもらったときにな。びっくりしたよ……まじでビビった。正直、未《いま》だに信じられない。だってＥＮＤＹだぞ、ＥＮＤＹ」

　ジョッキを持つ手が、小刻みに震える。風邪による熱は引いたが、あの日覚えた興奮は冷めるどころかますます強くなっていた。燃え盛る想《おも》いを吐き出すように気炎を吐いて、俺は続ける。

「小学生のときにハマって、生まれて初めて自分のお金でCDを買った、あの……ライブも参戦したかったけど、倍率が高すぎて一生取れなかった、あの！　布教した奴《やつ》らが全員ハマって、解散が発表された日の翌日はショックのあまりクラスの半分近くが欠席した、あのっ！　あの、ＥＮＤＹ《エンディー》」

「……うん」

潤奈《じゅんな》がソフトクリームをすくい、同意する。

「分かるよ。私も好きだったから」

「だよなっ！　しかも、ボーカルのＥＩＭＥＥ《エイミ》さんとか……自他共に認めるバンドの中心人物で、絶対的なフロントレディーじゃん。そんな人がなんでうちの高校にいるんだよ、あり得ないだろ⁉」

「うんうん、そうだね。あり得ないね」

潤奈がソフトクリームにざくんっとスプーンを突き刺し、

「……デート中に違う女の話をするとか、あり得ない」

低く、小声でぼそっと呟《つぶや》いた。俺は液体窒素を浴びせられたように固まる。

「っていうのは、冗談だけど」

「……。冗談に聞こえないんですが？」

「先生にはお世話になってる」

クリームソーダをスプーンで撹拌《かくはん》しながら、潤奈が目を伏せた。

「プライベートでも、仕事でも。私が保健室登校を許されているのは先生のおかげだし、音楽で『上』を目指したいって思えたのも……なんなら、バンドを始めたのだって、先生たちの影響が大きい。だから、詩暮《しぐれ》が舞い上がっちゃう気持ちもよく分かる」

「へぇ……そうだったのか。ENDYに影響されて、バンドを」

保健室登校が許可された経緯については先日、赤城《あかぎ》から聞いていた——なんでも校長がENDY、特にEIMEEの大ファンで、赤城が頼めば多少の無茶《むちゃ》は聞き入れてもらえるらしい——が、潤奈が音楽を始めるきっかけにもなっていたとは。

さすがENDY、さすがEIMEEさんだ。

「——けど」

泡立つソーダを吸い上げて、潤奈が唇をすぼめる。

上目遣いにじとぉっと俺を睨《にら》んだ。

「詩暮、私がYOHILA《ヨヒラ》のJUN《ジュン》だって知ったときより、興奮してない？」

「………………。し、してない……ぞ……？」

「何、その間。それにどもった。疑問形だし」

潤奈が頬《ほお》をぷくっと膨らませて怒る。そしてスプーンを握り、崩れたソフトクリームの一角に突き立てると、

「所詮、YOHILAは……私は詩暮にとって、その程度の存在なんだね。大好きだって言ってくれた、のに……」

ぼやきつつ、次々と口へ運んだ。

「……かなひい……しゅらい……うひゅだ……うちゅ……」

冷たさに舌をやられたのか、呂律《ろれつ》が回っていない。俺はテーブルに頬杖《ほおづえ》をつき、黙って潤奈《じゅんな》の様子を眺める。

するると潤奈はみるみる不安を滲《にじ》ませ始め、

「……詩暮《しぐれ》。なんで、なんにも言わないの？　やっぱり、わらひなんか——」

「いや、拗《す》ねてる潤奈も可愛《かわい》いなぁと思って」

「……っ⁉」

潤奈が面食らい、スプーンを落とした。テーブルの下に潜り、消える。

「…………。チャラい」

上半分だけ顔を覗《のぞ》かせた潤奈に、遅まきながらフォローを入れた。

「チャラくはないよ。潤奈がＹＯＨＩＬＡ《ヨヒラ》のＪＵＮ《ジュン》っていうのは、最初からもしかしてと思ってたから、衝撃が少なかっただけだし。予想してなかったら同じくらい驚いて、興奮しまくってたはずだ」

「……『同じくらい』？」

潤奈の瞳に剣呑《けんのん》な光が灯《とも》った。すぐ言い直す。

「ＹＯＨＩＬＡの方が！　潤奈の方が、興奮してたと思う」

「…………………」

俺の言葉が嘘《うそ》じゃないことを確かめるように、潤奈が目を眇《すが》め、じぃいいっと俺を見つめた。店内は冷房が利いていたが、俺は背中にじっとり汗をかく。やがて、

「そう」

潤奈が気配を緩め、ソファに座り直した。

「詩暮は赤城《あかぎ》先生よりも、私の方が興奮……つまり欲情するんだね」

「そんなこと一言も言ってないけど」

「──違うの？」

「……。違わないです」

ここで否定をしたら潤奈がまたへそを曲げそうだったので、大人しく認める。

「そうだよね。大きすぎても、持て余しちゃうもんね」

──何の話だよ、とは尋ねない。俺は無言で無糖のコーヒーを飲み、眠気覚ましの苦味を楽しむ。

しかし、この後。

「何それ!?　ずるいっ」

俺が車の中で赤城に生歌を披露してもらったことを知った潤奈は、声を上げ、

「私も、詩暮に生歌聴かせる。ずるい！」

再び怒り心頭。カラオケを所望してきた。俺は苦笑する。

「いや、ずるいって……そっちかよ」

朝一〇時からたっぷり三時間。カラオケを満喫した俺たちは、ショッピングモール内のカフェレストランで昼食を摂《と》っていた。

「ＹＯＨＩＬＡ《ヨヒラ》の曲、あんまり入ってなかったね」

「まぁ、インディーズだからなぁ」

「先生たちの曲はいっぱい入ってた……ＭＶやライブ映像まで、いっぱい」

「メジャーの、大人気バンドだからなぁ」

「……私も頑張らなくちゃ」

チョモランマのようにトマトと生ハムが盛られたパスタを食べながら、潤奈《じゅんな》が呟《つぶや》く。

カラオケに入っていたＹＯＨＩＬＡの曲は片手で数えられる程度、すぐに唄《うた》い尽くしてしまい、そこからはお互い好きな曲を唄った。

邦楽から洋楽、アニソンからボカロ曲、最近の曲から一昔前の曲まで。

それらはＪＵＮ《ジュン》が作った曲ではないが、ボーカルはＪＵＮなので、カバーを聴いている感覚だ。

好きなアーティストが好きなアーティストの曲を唄い、聴かせてくれるなんて、ライブでも味わうことができない贅沢《ぜいたく》な体験だろう。

――いや、ＹＯＨＩＬＡの場合はそもそもライブ自体をしないため、普通は生歌を聴く機会すら得られないのだ。

ＹＯＨＩＬＡのファンは、俺以外にもたくさんいるのに。

「潤奈はメジャーに行ってからも、ライブをやるつもりはないのか？」

俺は思わずそう訊《き》いていた。純粋に気になる気持ちもあるが、

「生歌、すげぇ上手《うま》かったけど」

もったいない、と感じてしまったのである。潤奈の歌を聴き、あの歌声は俺だけが独り占めしていいものなのか――と疑問を覚えてしまった。

もっと多くの人々に届けられるべきなんじゃないか、と。

潤奈が食事の手を止め、うなだれる。

「ライブは……できないよ。メンバーもいないし」

「サポートとか……」

「演《や》らない」

俺の言葉に首を振って、潤奈がきっぱりと告げた。

長い睫毛《まつげ》と前髪の影が落ちる表情は硬く、凍《い》てついているかのようだ。見る者の心すら凍らせる、絶対零度の無表情。

「……。そうか」

俺はこれ以上、踏み込むのを止《や》める。昏《くら》い空気を払拭するべく明るい声で、

「ごめんな、変なこと訊《き》いて。午後はどうする？」

話題を変えた。潤奈《じゅんな》が上目遣いに俺を見る。

「なんでもいいよ」

潤奈の目は眠たげで、相変わらず無感情だが、そこに先ほどの冷たさはない。温かく、微《かす》かにほころんでいた。

「詩暮《しぐれ》と一緒に過ごせれば、なんでも」

「そ、そういう返事が一番困るんだけど……」

注がれてくる潤奈の視線があまりに直向《ひたむ》きで、俺は視線を逸《そ》らしてしまう。

潤奈の歌を独り占めしているときにも覚えた、俺が両手で抱え込むには大きすぎるものを与えられているような感覚。喜びや嬉《うれ》しさの中に、ほんの少しだけ、ざらついた感情がある。

——が、気づかないふりをした。潤奈を見返し、笑ってみせる。

「このままショッピングして、のんびり散歩でもするか。いい天気だし、潤奈もたまには陽《ひ》の光を浴びた方がいいだろ」


緑豊かな自然公園に、潤奈の鼻歌が響く。

休日の井《い》の頭《かしら》公園はどこもかしこも賑《にぎ》わっており、擦れ違う通行人の多くが潤奈の紡ぐメロディー、あるいは太陽の下で一際輝いて見える美貌に惹《ひ》かれ、振り返っていった。

歩みに合わせてショルダーバッグがかぱかぱと跳ね、ショートブーツの分厚い底が地面を叩《たた》く音と共に、軽快なポリリズムを刻む。

バッグに吊《つ》り下《さ》げられている蛙《かえる》——黄と黒の禍々《まがまが》しくサイケデリックな模様に彩られた毒蛙のラバーフィギュアが、踊るように揺れていた。

「ご機嫌だな」

鼻歌が止《や》んだところで声をかけると、潤奈が振り向く。

「うん。晴れの日も人混みも好きじゃないけど、詩暮がいるからね。ゲロッピガチャで、目当てのヤドクガエルも出たしっ」

『ゲロッピ』とは、潤奈が愛して止まない雨蛙のキャラクターである。

天界から地上へ、雨と一緒に降り落ちてきた『天蛙《あまがえる》』という設定で、様々な公式グッズやバリエーションがあるらしい。

ノーマルはグリーンで、ギターケースにつけられた青紫色のゲロッピは潤奈お気に入りの紫陽花《あじさい》カラー。そして今バッグにぶら下げられているのが、本日カプセルトイで引いたレア物のヤドクガエル（黄×黒）だ。

「ヤドクガエル……ＹＯＨＩＬＡ《ヨヒラ》の『イエロウフロッグ』も、ヤドクガエルをモチーフに作られてる曲だよな」

「うんうん。モルヒネの二〇〇倍だよ？　すごいよね。色も鮮やかで、可愛《かわい》いし」

本物なら触れるだけでも危険なヤドクガエルを手でふにふにと弄《もてあそ》びながら、潤奈《じゅんな》が俺の隣に並んだ。

「警告色って言うんだっけ。わざと目立つ色をして、捕食者に毒があることを知らせる」

「うん。私の髪色と同じだね」

潤奈がつまんでみせる髪には、青紫の派手なインナーカラーが入れられている。

「……潤奈にも、猛毒があるのか？」

「さぁ。食べてみれば、分かるんじゃないかな……あっ」

言うなり密着しようとしてくる潤奈を躱《かわ》し、追い越して、先を歩いた。

井《い》の頭《かしら》公園は、およそ四三〇〇〇平方メートルの井の頭池を中心とした、規模の大きい公園だ。園内には多数のカフェや売店があり、池をぐるりと取り囲む遊歩道には、所々に休憩用のベンチが設置されている。

現在は、そのほとんどが埋まってしまっていた。日曜の昼下がり。梅雨どきには貴重な晴天ということもあってか、予想以上の賑《にぎ》わいだ。

「し、詩暮《しぐれ》っ」

潤奈がぱたぱたと追いついてくる。何やら落ち着きなさそうな様子で、ちらちらと顔を窺《うかが》ってきた。

「て――」

「て？」

俺側にある潤奈の白い手が宙を泳いで、

「……天気が、いいね？」

額の上に庇《ひさし》を作る。俺は「だな」と注ぐ陽射《ひざ》しに目を細めた。

「どこか日陰で休めそうなところ探すか。中心部から外れれば、人も少ないだろう」

池に架かった橋を渡り始める俺に、潤奈がむっとする。

「詩暮、察しが悪い……」

「はぁ？　なんだよ、賑わってる方がいいのか」

「なわけない」

「まだ歩きたいとか？」

「そうじゃないっ」

潤奈がゲロッピをぎゅっと握った。

「て――」

「て？」

「…………テレキャスターとストラトキャスター、詩暮はどっち派？」

「いきなりどうした？　うーん。俺はどっちかって言うと、テレキャス――」

「私はレスポールっ！」

俺の答えが気に入らなかったのか、潤奈が俺を追い越し、ずかずかと歩き始める。

潤奈《じゅんな》の手から放り出されたヤドクガエルのゲロッピが、つぶらな目で俺を責めるように見てきた。俺は溜《た》め息《いき》を吐《つ》き、潤奈の後を追う。

「——あ」

と、潤奈が足を止めた。

見れば池の畔《ほとり》、柵の近くに紫陽花《あじさい》が咲いている。潤奈が「紫陽花っ……」と駆け寄っていき、俺も続いた。

「青紫っていうことは、中性寄りの酸性なんだな。ここの土」

紫陽花の色は、土壌の酸度《pH》によって変化する。

赤みがかったピンク色の花が、酸性の土壌では青みが強く、アルカリ性の土壌ではより赤みが強くなるのだ。

「うん。日本は酸性の土壌が多くて、ピンクは珍しいみたいだね」

「紫陽花っていったら、青紫のイメージだもんなぁ」

隣に並び、一緒に紫陽花を眺めた。四枚の花びらをつけた小さな花が集まり、一つの房を成している。花の青紫と葉の緑、コントラストが美しい。

「……ちなみに」

潤奈が口を開いた。俺が見ている花びらを指し、

「紫陽花の花びらは、これじゃないんだよ」

「えっ、そうなのか。どう見ても、花びらだけど……？」

「これは萼片《がくへん》とか装飾花っていう、花びらを支える部分が変化したもの。本当の花びらはもっと小さい蕾《つぼみ》みたいな見た目で、装飾花の中に埋もれているの」

「へえ……詳しいな」

四葩《よひら》（紫陽花）を名乗るだけある。

「潤奈はなんで、紫陽花をバンド名にしたんだ？」

紫陽花を鑑賞しながら、俺は何気なくそう訊《き》いた。すると、

「──私がつけたわけじゃない」

「え？」

隣から返った声は冷たく、乾ききっている。いつも以上に感情がなく、無機質な声。

予想外の反応に俺は戸惑い、潤奈の方を見た。そして、息を呑《の》む。

紫陽花をじっと見つめる潤奈の眼差《まなざ》し。その横顔には、声音とは裏腹に強い感情が滲《にじ》み出《だ》していたのだ。哀《かな》しさと寂しさ、憂いが入り混じったような複雑な色。

「…………」

口を閉ざしたまま、潤奈が手を伸ばす。身を乗り出し、紫陽花へ。

偽物《にせもの》の中に埋もれ隠れた、本物の花を見つけ出そうとするように、青紫の装飾花を指でそっと掻《か》き分けた。

果たしてそこにあったのは、青い蕾《つぼみ》と極々小さな白い花が密集して咲いている、控えめな花房と──

一匹の、可愛《かわい》らしい雨蛙《あまがえる》。

花びらの上にちょこんと座る黄緑色の蛙が、ゲロッピと同じ、黒いつぶらな瞳で潤奈《じゅんな》のことを見た。次の瞬間、

「ぴゃっ!?」

蛙が潤奈に向かって跳ねる。潤奈が、びくっと大きく身を引いた。

「…………あ……ぁ……」

それから硬直し、ぷるぷると震え始める。大好きな蛙とふいに出会えて、喜んでいるのかと思いきや。

「し、詩暮《しぐれ》え……」

潤奈は目を見開いたまま、顔面蒼白《そうはく》になっていた。

「た、たたたた、助け……て……」

「はぁ?」

「か、蛙っ！」

潤奈が涙を滲《にじ》ませる。

「苦手なの！　ゲロッピは好きだけど、本物の蛙は嫌い……無理っ……取って！」

なんだそりゃと呆《あき》れる俺だが、潤奈の怯《おび》えようは凄《すさ》まじく、顔がくしゃくしゃになっていた。身をよじり、手をばたばたさせながら「取って、取って」と繰り返す潤奈に、俺は笑ってしまう。

潤奈が「詩暮っ」と声を裏返らせた。

「わ、笑ってないで、早くっ！　取って、取ってよぉ！」

「はいはい。えっと……取るって、どこだ？」

「服の中」

「――は？」

向かい合って立つ俺を、潤奈が潤んだ双眸《そうぼう》で見上げる。だぼっとしたオーバーサイズのTシャツとタンクトップの襟ぐりを、広げるように押し下げてみせ、

「む、胸のところに入った！」

「はぁああっ!?」

「取って！」

「ば、馬鹿言うな！」

深い谷間に咲く紫陽花《あじさい》色の布地から目を背けて怒鳴るが、背けた先に、潤奈がすぐさま移動してきた。

俺は視線を潤奈の胸元から上げ、睨《にら》む。

涙目の潤奈はいつになく切迫した表情で、ふざけているようには見えない。ただ、

「と、取れとか言われても。どうやって……」

「手を突っ込んで、まさぐればいい。詩暮なら、平気っ」

「俺が平気じゃないんだがっ!?」

まさか、手を入れるわけにもいかず——かと言ってここまで怯《おび》える潤奈《じゅんな》のことを放っておくわけにもいかず、途方に暮れる。そのときだった。

視界の端で、黄緑色がぴょんっと跳ねる。

「——ん?」

潤奈に跳びかかったと思《おぼ》しき雨蛙《あまがえる》が、俺たちの足元にいた。

「ぴゃあぁっ!」

遅れて蛙に気づいた潤奈が飛《と》び退《の》き、距離を取る。その反応からしても、本気で蛙が服の中に潜り込んだと勘違いしていたようだが。

「ビビりすぎだろ……ヤドクガエルじゃあるまいし」

「あ、雨蛙にも毒はあるから」

俺の背中に隠れ、潤奈が声を震わせた。

「生き物、こわい……」

「……一七時か。微妙な時間だな。どうする?」

引き続き園内を散歩しながら、俺は尋ねる。案内板の前で足を止め、

「動物園もあるっぽいけど」

「生き物こわいって言ったでしょ」

「スワンボートは？」

「カップルが乗ったら別れるって聞いた」

「問題ないだろ。付き合ってないんだから――いてっ」

――蹴られた。かなり強めに。

「……神社はどうだ？　金運アップと芸事の御利益があるらしい」

「私、神様には頼らない主義なの」

「あと縁結び」

「行こっ」

神様もびっくりな変わり身の早さを見せつけた潤奈が、颯爽《さっそう》と歩き始める。俺は潤奈に蹴りつけられた尻をさすりつつ、後に続いた。

「お参りが済んだら、夜ごはん食べるか。それとも帰る？」

「食べる一択」

潤奈の返事は淀《よど》みない。俺は「了解」とうなずき、いくつか候補を思い浮かべる。地元だし、事前に調べてもいるので、ある程度の希望には対応できるはずだった。

「食べたいものある？　行きたいところとか」

「詩暮《しぐれ》のおうち」

「それ以外にしろ。上がりたガール」

「えー……」

並んで石畳を歩く。人が少ない雑木林の方から戻っていくと賑《にぎ》わいは幾分マシになっており、木々の陰がなくとも注ぐ陽射《ひざ》しは和らいでいた。

頭上を仰げば、灰色の曇り空。予報は晴れだったはずだが、どうも雲行きが怪しい——と思っていたら、頬《ほお》に冷たい雨滴が落ちる。

一滴、二滴、三滴四滴五滴六滴。雨はみるみる勢いを増し、あっという間に土砂降りとなった。俺は急いで走り出す。

「……っ！　潤奈《じゅんな》、こっちだ！」

傍《かたわ》らの手を取って。

「……っ!?」

潤奈が目を丸くして驚くが、構わずに引き、足を速めた。メインの遊歩道を逸《そ》れ、脇道へと入る。遊歩道からは木々が邪魔して見えにくい場所に、東屋《あずまや》のような屋根つきの休憩スペースがあるのだ。程なく行く手に四角い木の屋根が見えると、俺は潤奈を連れて駆け込んだ。他に人影はない。

「夕立か。激しいな」

雨は俺たちが屋根の下に避難してから本格的に強まり、視界が煙《けぶ》るほどにまでなった。ざあざあという雨の音と匂い、湿った空気が切り取られた世界を包む。

「し、詩暮《しぐれ》……」

潤奈がおずおずと口を開いた。

「……手」

「ん？　あ――ああ、悪い」

俺は謝り、繋《つな》いでいた手を放す。潤奈がむすっとした。

「……『放さないで』って言おうとしたのに」

小さな声でぼそりと吐き出された言葉は、雷の音に掻《か》き消《け》され散る。潤奈は雷に怯《おび》えることもなくたたずみ、こちらを睨《にら》み上げてきていた。

俺は突如響いた雷鳴と潤奈の態度に軽くビビりながらも、スラックスの尻ポケットからハンカチを取り出す。

「潤奈は拭くもの持ってるか？」

「持ってるけど、拭いて」

潤奈がバッグを漁《あさ》り、引っ張り出したハンカチを構える。

「拭きっこしよう？」

「自分で拭けよ。人が来たら気まずいだろう」

しかしその後も人が来る気配はなく、髪と体をあらかた拭き終わった俺は、ハンカチをしまった。東屋までの距離が近かったためさほど濡《ぬ》れなかったが、雨はしばらく止《や》みそうにない。ベンチに座り、屋根の縁から帳《とばり》のように滴り落ちている雫《しずく》を眺める。

「……。遠くない？」

潤奈《じゅんな》は、俺から最も遠い位置にある丸太椅子に腰かけ、仏頂面《ぶっちょうづら》でハンカチを握りしめていた。俺を無言でじっとり睨《にら》み返し、

「……。近くない？」

隣へと移動してくる。肩がぴったり触れ合う距離だ。

「詩暮《しぐれ》、わがまま……」

「そういう潤奈も、そこそこわがままだよな」

俺は潤奈のジト目から逃れるように、視線を外へ戻した。

沈黙が訪れる。やがて、

「──ねぇ、詩暮。紫陽花《あじさい》の花言葉、知ってる？」


潤奈が口を開き、問いかけてきた。

「色によって違うんだけど」

視線は足元に落とされている。

俺が「……いや？」と答えると、潤奈は目を伏せたまま、

「ピンクは元気な女性、強い愛情。青紫は冷淡、高慢。そして、どの色にも共通してるのが……移り気、無常」

と言葉を継いだ。そこに感情はない。淡々と、潤奈は語る。

「諸行無常の無常ね。情が無い方の無情も、青紫をした紫陽花の花言葉として間違いじゃないけど。由来は、花の色が時期や土壌によって絶えず変わるから。YOHILA《ヨヒラ》も……私たちのバンドも、そうだった」

私ではなく、私たち。ネット上では、YOHILAの正規メンバーは、今も昔もJUN《ジュン》一人だということになっている——が、

「YOHILAは元々四人だったの。中学の頃、同じ学校に通う四人で結成した四ピースのガールズ・ロックバンド。四人で、四葩《よひら》」

『葩』は『花びら』という意味だ。

かつて、YOHILAの花びらは四枚だった。

「バンドの名前が『紫陽花』になったのは、ちょうど梅雨だったのと……メンバー全員、名前に雨や水に関する字が入ってたから。メンバーの一人が紫陽花について調べて、別名の四葩を知って『四人だしぴったりじゃん！』ってなったの。運命だって」

潤奈の声が湿って聞こえるのは、雨のせいではないだろう。紫陽花色のハンカチを握る手が、小刻みに震えていた。

「……バンドは、とても楽しかったよ。最初はENDY《エンディー》とかのコピーを演《や》って、そのうちオリジナルも演るようになって、皆みるみる上手になっていった。だから、なのかな……自分たちなら最高のバンドになれる！　って、本気で思っちゃったんだ。このまま一生、続けていけるって。けど——」

いつしか雨音は聞こえなくなっている。雨が止《や》んだわけではなかった。俺が潤奈《じゅんな》の話に引き込まれているのだ。

「……だめだった。一年も続かなかった。私が本気になりすぎて、メンバーがついてこれなかったの。音楽に対する向き合い方や熱量の違いで一人抜けて、二人抜けて……季節が一巡りして、二度目の梅雨がやってきたとき、YOHILA《ヨヒラ》のメンバーは私だけになってた。それからだよ」

潤奈が顔を上げ、宙を見る。人形めいた無表情。その双眸《そうぼう》は分厚い雨雲に覆われた空のように仄昏《ほのぐら》く、鬱《ふさ》がれていた。

「YOHILAが注目されて、人気が出始めたのは」

ウィキペディアの記事を思い浮かべる。

『二〇××年七月三一日、動画共有サイトに「紫陽花《あじさい》と亡霊」のリリックビデオを投稿、活動開始』

俺が、俺たちファンの多くが知るYOHILAは、そこから始まった。

「──私は」

潤奈がぽたりと、涙のような言葉をこぼす。

「できれば、ずっと………」

その先は続かなかった。

水を孕《はら》んだ重たい空気が充《み》ち満《み》ちる。

静寂の中、俺の脳裏にはＹＯＨＩＬＡの楽曲『紫陽花と亡霊』が再生されていた。

涙の雨に濡《ぬ》れる紫陽花。変わり果てた花の色。閉ざされた青。笑う亡霊――

ＹＯＨＩＬＡの詞は抽象的な言い回しが多く、解釈が難しい。

俺は今まで『紫陽花と亡霊』は失恋の曲なのだとばかり思っていたが、そうではないのかもしれない。赤城《あかぎ》の言葉が、よみがえる。


『お前が傘になってやれ』


俺は潤奈の横顔を窺《うかが》い、紫陽花色のハンカチを握りしめる手に、そっと自らの手のひらを重ねた。

「……っ⁉」

潤奈が肩を震わせ、弾《はじ》かれたように俺を見る。俺はただ、握る手に力を込めた。温《ぬく》もりが混ざり合い、じんわりと溶けていく。

「……っ、詩暮《しぐれ》――」

潤奈が声を詰まらせた。続く嗚咽《おえつ》は、再び世界を包み始めた雨音に紛れる。

俺は黙ったままでいた。

繋《つな》がれた手が離れないようにと、握り続ける。

雨が止むまで、そうしていた。

「──潤奈《じゅんな》」

濡《ぬ》れた世界をオレンジ色の光が照らす。雨が止《や》んでも手を放すことなく握りしめ、傍《かたわ》らを歩く潤奈に、俺は意を決して言った。

「俺は、潤奈のバンドメンバーにはなれない」

潤奈の眼差《まなざ》しが、横顔に注がれるのを感じる。俺は視線を前に向けたまま、

「潤奈が進む音楽の路《みち》を、一緒に歩くこともできない……けど」

繋《つな》がれた手を握り返して告げた。

「こんな風に、音楽とは関係ない場所で、寄り添うことならできる」

「…………ん……」

潤奈が歩みを止める。俺も足を止め、潤奈と真っ正面から向き合った。

澄んだ双眸《そうぼう》が黄昏《たそがれ》の光を受けてきらめき、揺れている。

透明な湖を思わせる双眸の水底《みなそこ》を、魚影のような仄昏《ほのぐら》い感情がよぎった。期待と不安が入り混じった瞳を見つめ返して、唇を引き結ぶ。

YOHILA《ヨヒラ》の過去に関する話を聞いてから、ずっと考えていた。

潤奈は独りが好きだと言うが、本当にそうだろうかと。

『──私は』

『できれば、ずっと………』

あの先に続けられるはずだった言葉は『四人でいたかった』ではないのだろうか。一人ではなく、四人のＹＯＨＩＬＡで。

紫陽花《あじさい》が本当の花びらを隠しているように、秘された潤奈の本心は分からない。

しかし潤奈が作った曲には、彼女の本音が表れている。

終わりゆく梅雨に、紫陽花が抱える未練や愛執を唄《うた》った『紫陽花と亡霊』

触れる者全てを害してしまう、毒蛙《どくがえる》の悲しみと寂しさを綴《つづ》った『イエロウフロッグ』

雨曝《あまざら》しの廃墟《はいきょ》、滅んだ街を心象風景に描いた『レイン、ルイン、レイン』

潤奈自身の口から溢《あふ》れ出《だ》した言葉が、詞として紡ぎ出された言葉と重なり、響き合い、視《み》えない心の輪郭を浮かび上がらせていた。楽曲を聴き込んでいる俺には分かる。

バンドメンバーだけじゃない。

潤奈はきっと、ずっと誰かといたがっている。

「だから、さ──」

「……うん」

俺を見つめる潤奈の瞳に灯《とも》る光が、輝きを増した。手にぎゅっと強い力が込められる。

俺は水に潜るときのように深く息を吸い、

「友達《ともだち》を作ろう」

「うんっ！　…………………うん？」

告げられた言葉に対して潤奈《じゅんな》が首を勢いよく縦に振り、それからかくんっと横に倒して傾けた。俺は力強い声で続ける。

「音楽とは関係ない場所で、一緒に過ごせる友達がいたらいいんじゃないかと思うんだ。俺以外にも」

「…………」

「バンドメンバーとは音楽のことで揉《も》めて、上手《うま》くいかなかったんだよな？　なら音楽が絡まなければ、上手くやれるんじゃないかなって」

「……。あー、うん」

見開かれていた潤奈の瞼《まぶた》が下り、眠たげに変わった。声も平坦《へいたん》になる。

「そうだね。かもしれないね……」

「だろ？　試しに今度、週明けにでも、俺の知り合いを交えてお昼を食べないか。陽次郎《ようじろう》と山田《やまだ》。あの二人なら、潤奈が保健室登校なのも把握してるし」

「うん……」

生返事な上、テンションが著しく低いように思うが、普段からそうなので、気にしないことにした。潤奈が呻《うめ》く。

「………思ってた台詞《せりふ》と違う」

「思ってた台詞？」

「な、なんでもないっ」

潤奈《じゅんな》がぷいっと顔を背けて手を放し、すたすたと歩き始めた。

残された俺は密《ひそ》かに火照《ほて》った頬《ほお》を掻《か》く。潤奈が想《おも》い描いていたのは、俺が日和《ひよ》って口に出せなかった言葉——なのかもしれない。

☂

「いやぁ、嬉《うれ》しいよ！　まさか、雨森《あまもり》ちゃんから食事に誘われるだなんて……天にも昇る心地というのはこのことさっ！　嗚呼《ああ》、生きててよかった」

「浮かれすぎだろ」

「そのまま天に召されて死ねば？」

「……私が誘ったわけじゃない」

陽次郎《ようじろう》の発言に俺、山田《やまだ》、潤奈から三者三様の反応が返る。

潤奈と出かけた日曜の翌々日、火曜。俺が朝、陽次郎と山田を昼に誘ってみたところ、二人とも二つ返事で快諾してくれたのだ。

以前、潤奈からあんな態度を取られたにもかかわらず——

「ごめんねぇ、雨森ちゃん……こいつ、クズ次郎っていうんだけどさ」

潤奈の対面に座る山田が謝り、手にしたメロンパンで隣の陽次郎を示した。

場所は保健室、俺・潤奈・陽次郎・山田の四人で、デスクを囲みながら食事している。

赤城《あかぎ》はいない。扉に提げられた『不在』の札通りに、席を外してくれていた。

「女の子には、誰に対してもこんなんだから」

「失礼な……『誰に対しても』じゃないよ！」

クズ呼ばわりされた陽次郎が憤慨し、ノンノンと箸を振る。

「美少女に対してだけさ」

「──ね？　クズでしょ」

「あ、えっと、はい」

潤奈が遠慮がちにうなずいた。

ほぼ初対面の陽次郎に対し、気を遣っているのかと思ったら、

「クズですね。悪い影響が出ると困るので、金輪際うちの詩暮《しぐれ》に関わらないでください」

無表情に、ヤドクガエルもびっくりな毒を吐く。

陽次郎が「えぇっ⁉」と目をひん剥《む》いた。

「う、うちの⁉　もしかして、二人は既に──」

「はい。つき合ってます」

「……こいつ、真顔でしれっと冗談言うから。真に受けるなよ、お前たち」

「ううん、今のは冗談じゃない」

すかさず否定する潤奈《じゅんな》。

「付き合ってはいないけど、突き合った仲……『つく』の字が違う」

「……。下ネタか？」

「これが証拠」

辟易《へきえき》する俺を無視して、潤奈がスマホを弄《いじ》り始める。

起動されたのは、録音アプリだった。

ずらっと並んだボイスメモの中から『耳掻《みみか》き？』と名づけられたファイルを選び、再生する。瞬間、

『……潤奈。いいか、挿《い》れるぞ？』

やや緊張気味な俺の声がスピーカーから吐き出され、続いて、

『う、うん……』

潤奈のか細い震え声。嫌な予感がした。

『痛かったら言ってくれ』

『……んっ……あっ……い、いいっ……気持ちいいよぉ、詩暮《しぐれ》っ……あっ、は……あっ、あんっ』

——変な声を出すなっ！　という全力のツッコミは、トリミングで省かれている。俺はもちろん山田《やまだ》も、陽次郎《ようじろう》までもが唖然《あぜん》としていた。

「……以上、放課後の一コマでした。私と詩暮は、既にこういうことをする仲――」

「み、耳掻きだからっ！」

俺は潤奈の手からスマホを奪い、ファイルの名前を二人に見せる。

「こないだ、こいつがいきなり『耳掻きする』とか言い出して……されるだけじゃなく、する流れになってだな……!?」

そして必死に説明するのだが、そもそも放課後に耳掻きをされたりしたりする状況が謎すぎるので、自分でも話しながら『何を言っているんだ？』という気になってきた。

「大体、なんで録音してんだよ？　悪意のある編集までして！」

「いや、使えるかなって……」

「何に使うつもりだ!?」

「元々、詩暮との会話は全部録音しているし」

「……。冗談だよな？」

ずらっと並ぶファイルを確認しようとしたら、潤奈にスマホを奪い返される。俺は潤奈の肩を揺すった。

「冗談だよなっ!?」

「………………」

真顔でぐわんぐわん揺さぶられる潤奈。俺たちのやり取りを見て、山田が「ぷっ！」と噴き出した。腹を抱えて笑い始める。

「あははははっ！　雨森《あまもり》さんウケる。おもろー」

「こりゃまいったな。まさか大親友の僕より、詩暮《しぐれ》のツッコミを引き出せる子がいるとはねぇ……相方の座は君に譲るよ、雨森ちゃん」

陽次郎《ようじろう》もわざとらしく天を仰いでみせ、苦笑していた。

空気が一気に弛緩《しかん》して、和やかになる。

「──ったく。漫才を見せに来たんじゃないんだが」

俺は嘆息しながらも安堵《あんど》していた。潤奈《じゅんな》は乗り気じゃなかったし、またこの前みたいな大惨事になるのではないかと、冷や冷やしていたのだが、

「漫才……夫婦《めおと》漫才？　夫婦と書いて、夫婦漫才」

潤奈は俺と二人でいるときと変わらない態度で、だいぶリラックスしているようだ。

あるいは中学時代、バンドメンバーといるときの潤奈も、こんな感じで和気あいあいとしていたのだろうか。

「てかさ。雨森さんのお弁当、やばくない？」

──と、山田《やまだ》が潤奈の食べている弁当に目をつけた。トマトソースのハンバーグを中心とした洋食風の弁当は、今日も今日とて彩り豊かでレベルが高い。

「晴風《はるか》のお昼もやばいけれどね。菓子パン、菓子パン、菓子パン、菓子パン……それじゃ太るよ？　まぁ君は少々貧相だから、太った方がちょうどいいのかもしれないけれど──

ぐふっ！」

「うっさい！　あたしは普段、食堂を使ってるから……今日は急きょ、購買でパン買っただけ。――で、雨森さん」

肘鉄で陽次郎を黙らせた山田が話を戻す。

「それ、全部手作り？」

「そうですよ。私が作りました」

――嘘《うそ》つけ。

「食べますか？　ピーマンとにんじん、玉ねぎの三色マリネ」

――自分が嫌いなものを他人に与えようとするな、と赤城《あかぎ》がこの場にいたら注意されていただろう。しかし、

「えっ、いいの⁉　雨森さん、優しすぎ！　あっ、でも、箸が……」

「どうぞ。あーん……」

「えっ⁉　あ、あーん……」

口を挟むのは野暮《やぼ》な気がした。大人しく、なりゆきを見守る。

「ん〰〰〰っ、美味《おい》ひぃ！　黒コショウが利いてて……雨森さん、天才か？」

頬《ほお》を押さえて喜び、赤城が作った料理を絶賛する山田。

「はい、天才です」

それを眺める潤奈の無表情は、窓から注ぐ明るい陽射《ひざ》しと山田の笑顔に照らされ、微《かす》かにほころんで見えた。

『……まぁ、悪くはなかったよ』

陸上部の午後練を終え、帰宅した同日の夜。俺が改めて昼間の感想を尋ねると、潤奈《じゅんな》はそう短く答えた。

通話なので表情は見えない。スマホを介して聴く潤奈の声は肉声以上に冷たく、乾いて感じられる。反面、内容は好意的だった。

『二人とも、陽キャすぎて目が潰れそうだったけど……山田《やまだ》さんは思ってたより絡みやすくて、いい人だったし。オタクに優しいギャルって感じ』

「正しくは『陽次郎《ようじろう》以外に優しいギャル』だな。基本、誰にでも優しいぞ」

『クズ次郎、かわいそう』

一ミリグラムも思っていない口調で、潤奈が呟《つぶや》く。

昼休みの交流を経て、山田とはそれなりに打ち解けられたようだが、陽次郎との間にはまだまだ高い壁がそびえ立っているようだった。

後者は正直、予想通りだ。

『ちなみに私は、詩暮《しぐれ》にだけ甘える根暗インドアデスクトップミュージシャン』

「うん、もうちょっと外に出ような」

『……それは私ともっとデートしたいってこと？　それと前半には触れず、スルーしたのはわざと？　ねぇ、わざと？』

がん詰めされた。ベッドの縁に座った俺は身じろぎをして、スマホを耳に当て直す。

「そ、そういうわけじゃないけど……俺以外にも甘えてるだろ。赤城《あかぎ》先生とか」

『うーん。あれは甘えてるっていうより、甘やかされてる？』

「なるほど……」

『私が心を許してるのは詩暮だけ、だよ』

乾いた声にしっとりとした響きが含まれ、重く潤う。俺は思わず息を呑《の》み、黙り込んでしまった。水中に引きずり込まれたような無音が、数秒続く。

受話口の向こう、潤奈が息をこぼした。

『……今のところは』

付け足す声音は、元の乾いたものに戻っている。

『友達《ともだち》作らなきゃだもんね？　私は別に独りでもいい、独りが好きだと思ってたけど……詩暮と出会って、今日みたいに人と話して、独りじゃないのも悪くないなぁって思った。だから――』

潤奈の声に熱がこもった。先ほどとはまた別の、温かい感情が。

『ありがとう、詩暮』

「潤奈……」

その言葉を受けて、俺の胸も温かくなる。

俺は「……ああ」と微笑《ほほえ》んだ。

「また誘うよ。あいつらとのお昼とか……二人でのお出かけも。今度は俺から誘う。行きたい場所は山ほどあるから」

Interlude Melancholic Hydrangea

彼との通話を終えた瞬間、私は「……はぁ」と息を吐く。

嘆息じゃない。むしろ逆。胸に収まりきらないほどの喜びや幸せ、ポジティブな感情が容量を超え、自然に溢《あふ》れ出《で》たような——そんな、満ち足りた溜《た》め息《いき》だった。

こちらが向ける好意をちょくちょくはぐらかされるというか、躱《かわ》されているような気がするけれど、そのもどかしさすらくすぐったくて心地《ここち》好い。このままの距離感でいたい気持ちと、近づきたい気持ちがせめぎ合う。

「はぁ〜〜〜〜〜〜〜……詩暮《しぐれ》、好き」

ゲロッピのぬいぐるみを抱き、面と向かっては真面目《まじめ》に告げられない想《おも》いを口にした。一度言葉にしてしまうと、堰《せき》を切ったように止まらず、

「らぶらぶしぐれっ♪　らぶしぐれっ♪　らぶらぶらぶらぶっ、らぶしぐれっ♪」

ぬいぐるみを抱きしめたまま、蕩《とろ》けた脳でラブソングらしきものを口ずさみ、ベッドの上でごろごろと転がり回る。

もっといっぱい話したかった。夜が明けるまで、スマートフォンの電気が尽きるまで、彼と電波で繋《つな》がって、際限なく湧き出してくる幸福に溺れたい。

「らぶら……いたっ」

——でも、だめだ。やらなきゃいけないことがある。

「…………………………………。うん」

ベッドの縁から床に落ちた私は、正気を取り戻すと、ぬいぐるみもろとも浮かれた心を放り捨て、デスクに腰かけた。

「現実逃避しよ」

ヘッドホンを装着し、ペンを手に真っさらなルーズリーフと対峙《たいじ》して息を吸う。そして潜った。自分の海《なか》に。暗く冷たい、独りぼっちの深淵《しんえん》に——

「……っ！」


注ぐ光で我に返った。

開けっ放しの遮光カーテン。窓から射《さ》し込《こ》む朝の陽《ひ》が、潜水艦のライトのように、海底めいた薄暗い部屋を眩《まばゆ》く照らし出す。

床には、ぐしゃぐしゃに丸められたルーズリーフの成れの果てが散らばっていた。

私はヘッドホンを外し、デスクチェアにもたれかかってぐったりとする。

動けなかった。集中の糸がぷつりと切れた瞬間、精神的な疲労と肉体的な疲労が一気に押し寄せてきて、意識が呑《の》まれそうになる。

Interlude Melancholic Hydrangea

「……な、なんとか……できた」

だらりと垂れ下がった手からペンが落ち、転がった。

視線の先、デスク上のルーズリーフには、深い海の底から一晩かけてすくい上げた詞が並べられている。

それらをじっくり鑑賞し、査定して、私は唇を噛みしめた。

「けど、全っ然だめ！」

ぐしゃぐしゃにしてぶん投げる。それは壁に当たって跳ね返り、MIDIキーボードの鍵盤を叩いて、散らかるゴミの仲間入りを果たした。

「違う……」

椅子の上でひざを抱えて、吐き捨てる。私が拾い集めた詞は、どれも宝石のように綺麗だった。明るく、前向きで、喜びと幸せに輝いている。

「……こんなの、YOHILAの詞じゃないよ」

昏く、後ろ向きで、嘆きと憂いに塗れた、JUNの作風じゃ……ない。

これは言うなれば、そう──YOHILAが私一人だけになる前、四人で活動していた頃の作風だった。

メンバーと演る音楽がただただ楽しくて、世界が眩しかった頃。きらきらとした、でもありふれた、生温い音楽を演っていた頃。

愛しくも厭わしい、あの頃のYOHILAへと逆戻りしている。

理由は明らかだった。

――満ち足りているからだ。

メンバーを失ったことで生まれた空白を、彼の存在が埋めてしまった。埋めて、満たして、潤して、渇きをなくしちゃったんだ。

そのせいで、憂鬱な歌詞が書けない。

メロディーは素敵だけれど、改めて聴き直してみれば、曲調も『新世代の鬱ロック』と呼ばれる今現在のYOHILA《ヨヒラ》にはそぐわない気がする。

これじゃ、いけない。

私を好きでいてくれる人たち、小手川《こてがわ》さんたちが求めているのは、メジャーに行っても変わらない『これまで通りのYOHILA』なんだから。

「う、ううう……」

両手で頭を掻《か》きむしり、唸《うな》る。

電気の力に頼らないアコースティックギターが空っぽのボディで音を響かせるように、メンバーを失ってできた虚《うつ》ろが、私に今の音楽を奏でさせてくれた。

紫陽花《あじさい》が土により花の色を変えるように、私の音は感情によって色を変え、詞も大きく変化する。

なら、憂いの色で脚光を浴びた私は——ＹＯＨＩＬＡのＪＵＮ《ジュン》はやっぱり、満たされるべきじゃないんだろうか。

幸せか不幸せ。
私生活か創作。
詩暮《しぐれ》か、音楽。
どちらか一つしか選べないとしたら、私は。

私は——

5　晴れときどき雨のち嵐

「――潤奈《じゅんな》？」

傘を並べて隣を歩く潤奈に声をかけると、ぼんやり街の景色を眺めていた目が俺に向けられ、焦点を結んだ。まばたきをして、

「ん……ごめん、考えごとしてた」

傘の柄を握り直す。紫陽花《あじさい》色の傘が揺れ、雨滴が散った。

「詩暮《しぐれ》が行きたい場所だよね。えっと……」

「何かあったのか？」

俺は潤奈の瞳を見返して尋ねる。視聴覚室で過ごしているときも、こうして一緒に下校している最中も、今日の潤奈はこんな風にぼーっとすることが多々あり、心ここにあらずといった様子だ。潤奈がうつむき、ギターケースのストラップをぎゅっと握った。

「曲作りが、ね………」

一呼吸ぶんの間を空け、答える。

「……佳境なの。期限が迫ってる。どんなに遅くても、梅雨が明けるまでには完成させなくちゃ」

「あー。そうだよな。大切な時期だもんな、ＹＯＨＩＬＡ《ヨヒラ》にとって」

潤奈のバンド、YOHILAは現在メジャーデビューを控えている。その第一弾となる楽曲を、鋭意制作中なのだ。

「悪い。遊びに誘ってる場合じゃなかった……」

「ううん、いいの。詩暮と遊びたい、もっと一緒にいたいって、私自身が思ってるから。だけど――」

「ああ。今は音楽に集中するべきだ」

強い断定口調で告げた。潤奈の歩みが止まる。俺は潤奈の隣から正面に移ると、潤奈の目を真《ま》っ直《す》ぐに見て、言葉を続ける。

「俺のことは気にしないで思う存分、曲作りに打ち込んでくれ」

「詩暮……」

潤奈が目を瞬《しばたた》いた。俺たちの傍《かたわ》らを車が走り過ぎていき、生温《なまぬる》い風が吹く。潤奈の黒髪がなびき、紫陽花色のインナーカラーを覗《のぞ》かせた。

「……。そうだね」

潤奈が目を伏せる。前髪と傘の影が落ちたその表情は、昏《くら》く沈んで見えた。傘の縁から垂れた雫《しずく》が足元の水溜《みずた》まりに落ち、波紋を広げる。

「そうするよ。明日《あした》から、しばらく音楽に集中することにする――」

陰鬱な影の中から上目遣いに俺を見て、

「曲ができるまで、放課後の逢瀬《おうせ》はなし。詩暮断ちっ」

と、昏《くら》さを払拭するように、潤奈《じゅんな》にしては明るく朗らかな調子で言った。

「いわば……禁愛。禁酒や禁煙的な」

「それだと『禁じられた愛』みたいで、ちょっとニュアンス違わない？」

「違わない。むしろ合ってる。すごく合ってる」

「どう合っているんだ……」

なんていつも通りのふざけたやり取りで空気が穏やかになり、和らいだ。俺は微笑《ほほえ》み、踵《きびす》を返す。水溜《みずた》まりを踏み、歩き始めた。

「まぁ、とにかく楽しみにしてるよ」

背後の潤奈に対し、素直な想《おも》いを口にする。

「潤奈の、JUN《ジュン》のファンとして――YOHILA《ヨヒラ》の新曲」

「…………」

返事はなかった。ちょうどそのときトラックが通過し、道路の水を騒々しく蹴散らしていったため、潤奈の声が掻《か》き消されてしまったのかと立ち止まり、振り返る。

紫陽花《あじさい》色の傘が、俺の傍《かたわ》らを過ぎていった。

「新曲」

傘越しに告げてくる。

「――絶対、最高傑作にする」

強い想いが込められた言葉は、なぜだか妙に弱々しく聞こえた。

その違和感を洗い流すように、雨が激しさを増す。俺は結局何も言わずに、潤奈の後を追いかけた。


今にも雨が降り出しそうな灰色の空を仰ぎ、溜め息を吐《つ》く。

天気予報は、曇りのち雨。予報通り雨が降るなら、午後練でグラウンドは使えない。

普段であれば軽快なツーステップを踏み躍る心も、大人しく正座していた。潤奈に会えないから——というのもあるが、

「……返事、来ないな」

スマホの画面に視線を落とし、呟《つぶや》く。

詩暮《しぐれ》：お疲れ。放課後会うのはなしって話だったけど、昼休みもか？

今朝、潤奈に送ったＬＩＮＥにはお昼前の現在も既読すらついていない。やはり忙しいのだろうか……迷惑だった？　などと、あれこれ考えた末。

昼休み、俺は自分の弁当を手に保健室を訪れていた。

扉には『不在』の札が提げられている。

トン、トト、トントン、トン、トンとあらかじめ決められたリズムパターン――『ひげ剃《そ》りとカット二五セント』というらしい――でノックをすると、

「……入れ」

中から赤城《あかぎ》の声が返ってきた。

「栗本《くりもと》か」

デスクの椅子に脚を組んで腰かけた赤城は、相変わらずだらしなく、しどけない格好をしている。着崩した白衣にノースリーブのニットブラウス、タイトスカートに網タイツ。そして素顔と素性を隠す、白い不織布マスク。

「どうも先生。潤奈《じゅんな》は？」

「まだ来てないな」

室内を見回しながら尋ねると、赤城が剥《む》き出《だ》しの肩をすくめた。

「連絡がなく、既読もつかん」

「……先生もでしたか。大丈夫ですかね？」

「よくあることだ」

マスクの下で嘆息する赤城。デスクには紅《あか》い布でくるまれた弁当が置かれている。

「お前と知り合ってからは、すっかり減ったがな。納期も近いみたいだし、曲作りにでも没頭してるんだろう。単に寝ている可能性もある」

「ですかね？」

潤奈と付き合いの長い赤城が言うなら、そうかもしれない。俺は密《ひそ》かに安堵《あんど》しながら、自分の弁当をデスクに置き、そこでふと動きを止めた。

潤奈がいない——ということは。

「二人きり、だな」

赤城が目を細め、マスクの紐《ひも》に手をかける。

そうして晒《さら》されたのは、暴力的なまでに美しい素顔。ＭＶやテレビなどのメディアで、何度も目にしたことがある女性の顔だ。

「そう緊張するな」

艶《つや》やかな紅い唇を吊《つ》り上《あ》げ、赤城が——ＥＮＤＹ《エンディー》のＥＩＭＥＥ《エイミ》が突っ立ったままでいる俺を見上げた。腕を組み、豊かな胸を持ち上げてうそぶく。

「……優しくするぞ？」

「か、からかわないでください」

顔を背けて声を上擦らせる俺に、赤城が「ククッ」と喉を鳴らした。

「何を想像したか知らんが、あの日以来だ……お前とはまたゆっくり話したかったから、ちょうどいい。座れ」

「……はぁ」

「二つの意味で」

「どういう意味だよっ！」

初めて会ったときのように、ついタメ口でツッコんでしまう。

潤奈《じゅんな》が繰り出すボケは、この人の影響じゃないだろうな——と呆《あき》れながら、対面の椅子に腰を下ろした。

「栗本《くりもと》。お前、雨森《あまもり》とはどこまで行ってる？」

すると初っ端《しょっぱな》、ドストレートな質問が飛んでくる。先の会話でコースはばっちり読めていたので、悠々と打ち返した。

「……まだどこにも行ってませんよ。先週、初めて一緒に出かけましたけど」

「ほう。ホテルか？」

「違います。下ネタしか吐けないんですか、あなたは……」

「しか？　おかしいな。私は健全なことも話してるはずだが。お前の脳内では、あらゆるものがそんな風に歪《ゆが》められているのか。ピンクなエフェクターだなぁ」

「……確信しました。潤奈に悪い影響を与えているのはあなたですね、先生」

俺の中にある、かっこよくて凛々《りり》しいＥＩＭＥＥ《エイミー》のイメージが、がらがらと音を立てて崩壊していく。赤城《あかぎ》が声を上げて笑った。

「冗談はさておき」

組んでいた腕を解いて、赤城が身を乗り出してくる。興味津々《しんしん》といった様子で、

「あの出不精と出かけたんだな。どこへ遊びに行ったんだ？」

「吉祥寺《きちじょうじ》です」

「……お前」

「ち、違いますよ？」

赤城には車で送ってもらう際、自宅の場所を訊《き》かれていた。物言いたげな半眼を受け、俺は慌てて言葉を続ける。

「うちには行っていません。普通に外で食事して、散歩して……普通に別れましたから。特別なことは、何も──」

言いかけたところで思い出す。

雨宿り。激しい雨が降る中で打ち明けられた潤奈の想《おも》いと、紫陽花《あじさい》のエピソード。

「……ＹＯＨＩＬＡ《ヨヒラ》のことを聞きました。ウィキペディアには載ってない、過去の話を。先生は知っていますか？」

「ああ。知ってるよ」

赤城がうなずいた。紅《あか》いシャドウに彩られた目を伏せ、

「バンドの結成から、メンバーの相次ぐ脱退……ＹＯＨＩＬＡが今のＹＯＨＩＬＡに至るまでの経緯は、雨森からおおよそ聞いている。それをあいつがどう感じ、何を思っているのかまでは聞かされていないが」

「……。そうですか」

「お前は聞いたんだな、栗本」

俺の反応を見て、赤城が相好を崩した。

「なら、大切にしまっておけ。それは雨森《あまもり》がお前に心を許した証《あかし》で、今まで誰にも寄越《よこ》さなかったものだ。ちゃんと進んでるじゃないか」

「先生……」

「ご褒美をくれてやる」

赤城《あかぎ》が差し出してきたのは、手つかずのお弁当。

「……いいんですか？」

「ああ。雨森はたぶん休みだし、私は昼を食べないからな。お前が食べろ」

「あ、ありがとうございますっ！」

俺は喜んで受け取る。潤奈《じゅんな》や山田《やまだ》が食べるのを見て、ずっと気になっていたのだ。見た目からして美味《うま》そうなのはもちろん、憧れの女性《ヒト》であるＥＩＭＥ《エイミ》の手料理――味わわせていただける日が来るなんて、夢にも思っていなかった。

「残すなよ」

「そんなもったいないことはしません！」

「自分の弁当と、私の弁当……二つともだぞ？」

「余裕ですっ！」

育ち盛りの胃袋を舐《な》めてもらっては困る。期待に胸を高鳴らせて包みを解くと、今日は中華で、鶏肉《とりにく》とナッツの炒《いた》め物《もの》、エビチリ、にら玉、春雨サラダなどのおかずが、丁寧に詰められていた。俺は両手を合わせて拝み、

「――ごちそうさまでした」

あっという間に平らげてしまう。美味すぎて、箸が止まらなかった。

デスクに頬杖《ほおづえ》をつき、俺の食べっぷりを眺めていた赤城が、独り言《ご》ちる。

「……ふむ。次回から、もう一人ぶん作ってくるか」


潤奈からＬＩＮＥが返ってきたのは、昼休みが終わりかけているときだった。

ＪＵＮ《ジュン》：ごめん、今起きた。そうだね……中途半端に詩暮《しぐれ》成分を補給するのは逆効果だと思うから、お昼もなしにしようっか。お互い『禁愛』頑張ろう？

メッセージには雨の中、物悲しげな表情で葉っぱの傘を差すゲロッピのスタンプが添えられていた。潤奈に会えないことも辛《つら》いが、赤城（ＥＩＭＥＥ）の手作り弁当が遠のいてしまうのも残念だ。赤城と会うためだけに、保健室へ通い詰めるわけにもいかない。

『了解。そうだな、頑張るよ』と返信を打ち、添えるスタンプを選んでいたら、潤奈から新たなメッセージが届く。

JUN《ジュン》：先生に、今日は学校休むって伝えておいて

「先生。潤奈《じゅんな》、今日は学校休むみたいです」

「だろうな」

詩暮《しぐれ》：伝えたぞ

返信はすぐに来た。

JUN：……一緒にいるんだ？

JUN：保健室だよね？　二人きり？

JUN：私のぶんのお弁当……エイミさんの手料理、食べたの？

JUN：ずるい

ぽんぽんと連続で。俺に『伝えておいて』と告げてきたのは、罠《わな》だったのか？　先生ではなく『エイミさん』と記されているところに、含みを感じる。

どう返そうか悩んでいると昼休みの終わりを報《しら》せる予鈴が鳴ったので、俺は口笛を吹く猫のスタンプでお茶を濁して、スマホをしまった。

「なぁ。カラオケ行かねぇ？」

放課後。予報通りの雨が降る中、短い午後練が終わると、陸上部の面々は早々に遊びの話をし始める。こいつら、本当カラオケ好きだな。

「——栗本《くりもと》」

と、同級生が呼びかけてきた。

「お疲れー」

「おう。お疲れ」

最近、俺が遊びに誘われることはない。雨の日の放課後は潤奈に会うのが日課になっていたし、元々滅多《めった》に応じないからだ。その方が楽でよかった。

ジャージから制服に着替えた俺は、今日も一人で薄暗い廊下を歩く。

向かう先は、お決まりの視聴覚室じゃなく図書室。静かで、冷房が利いていて、快適に読書ができる空間だ。無料で本が借りられるのも、高校生の財布に優しい。

故に、放課後の図書室はそれなりに利用者で賑《にぎ》わっていた。読書に耽《ふけ》る者、勉強に励む者、夢の世界へ旅立っている者……その中に、見知った姿を見つける。

——山田《やまだ》だ。

山田《やまだ》は奥の目立たない位置にある机の隅で、独り静かに本を読んでいた。

傍《かたわ》らには窓があり、儚《はかな》い陽射《ひざ》しと蛍光灯の明かりが混ざり合う冷たい光の中で、厳かにページを繰っている。

すると山田はちょうど切りのいいところまで読み終えたのか、ほぅっと息を吐き、面を上げた。俺と視線が合う。

山田は目を丸くするが、すぐに破顔し、微笑《ほほえ》みかけてきた。本がぱたりと閉じられる。読書が中断されるのを見て、俺は一瞬ためらった後、山田の下へ歩み寄っていった。

「栗本《くりもと》くん、やっほ。こんなところで奇遇だねー」

「だな」

応えつつ、山田が読んでいる本の表紙を確認してみる。しかしブックカバーがかけられており、分からなかった。青いギンガムチェック柄、布製のお洒落《しゃれ》なカバーだ。

「本、好きなのか？」

「うん。意外？」

「……正直」

「だよねー」

山田が頬《ほお》を掻《か》く。手首には、水色のミサンガが巻かれていた。

「あたしテニス部なんだけど、雨の日はコートが使えなくて練習がないんだ……だから、空いた時間で入り浸ってる」

「遊びに行ったりはしないのか?」

「するけど。毎回は疲れるっていうか……」

「……疲れる?」

「や、うん。お財布がね? あたし、バイトとかしてないし。ほしいものとか、いっぱいあるし。節約みたいな」

「分かるよ。図書室はタダで本借りられるもんな」

「うんうん! あたしが好きなジャンルの本は、あんまり置いてないのが残念だけど」

「へぇ……どんなジャンルが好きなんだ?」

「えっと、ファンタジーとか……学園もの、みたいな?」

山田の目が泳ぎ始める。栞《しおり》代わりに挟まれている人差し指の隙間から、モノクロの挿絵らしきものが覗《のぞ》いていた。

「純文学とか、内容が難しすぎるのは読まないかなー。もっとエンタメっぽい、ライトな小説っていうかぁ——」

「ラノベ?」

「——ぶふぉっ!?」

山田が変な声を出す。近くにいる生徒たちの注目が集まり、その視線から逃れるように突っ伏した。明るい茶髪のポニーテールが揺れる。図書室ではお静かに。

「……。あたし、オタクなの」

書架に貼られた注意書きを眺める俺に、山田《やまだ》が顔を伏せたまま告げてきた。

「深めのオタク。アニメや漫画だけじゃなく、ラノトノベルも嗜《たしな》んでる感じの……アニメ化されてる人気作より、知る人ぞ知るマイナーな作品を好むタイプの」

力なく手渡された本を受け取り、確かめてみる。

挿絵では、血塗《ちまみ》れの金属バットを担《かつ》いだ少女が大量の返り血と肉片を浴び、満面の笑みを浮かべていた。タイトルは『パニッシュメント・スクール』——

「これ、俺がこの前リクエストした本だ」

「——へ？」

山田が面を上げる。その表情は驚き一色に染まっていた。

「栗本《くりもと》くんも？」

栗本くん『も』ということは、山田も希望を出していたのか。

うちの図書室では随時、生徒から購入図書のリクエストを受けつけている。

「ああ。殺人鬼が集められる学園に、冤罪《えんざい》で入れられた男の話……俺、ラノベはそこまで詳しくないんだけどさ。この作品はミステリー好きの間で、軽く話題になってるんだよ。作中で起きる殺人事件のトリックが、完成度高いって」

「まじっ⁉」

山田が大きな声を上げ、立ち上がる。それからハッと口を押さえて、

「……あ……ご、ごめんなさい」

周囲に向かってぺこぺこ謝ると、うなだれて椅子に座った。小さな声で言う。

「……つい興奮しちゃって。周りにラノベ読んでる子とか全然いないから」

「アニメや漫画に比べると、マイナーなジャンルだもんな。アニメ化された作品くらいは知ってても、原作まで読んでる奴《やつ》は……俺の周りにもほとんどいない。だから、びっくりしたよ。山田さんみたいな人が、こういうのを読むなんて」

話しつつ、肩にかけていたエナメルバッグを机に置き、腰かけた。山田の隣に座るのは若干距離が近いと思い、椅子を一つ挟んで。

「……『あたしみたいな人』？」

眉をひそめる山田に本を差し出し、苦笑する。

「派手な感じの、陽キャっぽい人——『インドアよりアウトドア、本よりも服やコスメに金かけてます！』みたいな」

「あー……」

俺の手から本を受け取り、山田が目を逸《そ》らした。脱色された明るい茶髪、ポニーテールの毛先を指に絡める。直後、

「あたしさ」

椅子を一つ移動し、近づいてきた。俺の隣に。

さらには驚く俺の耳元に、山田が唇を寄せる。手にした本で周囲の視線から口元を隠すようにしながら、

「中学まではバチバチの陰キャだったの」

とささやいてきた。香水だろうか、柑橘系《かんきつけい》のさわやかな甘い香りが鼻をくすぐる。

「お洒落《しゃれ》に気を遣い始めたのも、最近で……いわゆる高校デビューだね。一年生で同中《おなちゅう》なのはクズ次郎だけ、あいつにはしっかり口止めしておいてあるから、知ってる人はいないんじゃないかな？」

そう告げて、山田《やまだ》が体を離す——が、依然として近い。

「あ、ああ……そうだったのか。まったくそうは感じなかったよ。生粋《きっすい》の陽キャなんだと思ってた」

「ふふっ。漫画やラノベに出てくるギャル……と、それ系のインフルエンサーを参考に、いっぱい勉強したからねー。あたしってば、素材もいいし！」

——自分で言うな。まぁ、否定はしないけれども。

「っていうと、あれか。さっき『疲れる』ってこぼしてたのは——」

「そ、陽キャのふりをするのが疲れるってこと！　あたしがよく遊ぶ子たち、皆すっごいきらきらしてるんだよー。楽しいんだけど、元陰には眩《まぶ》しすぎて……休まなくちゃやってらんないっ！」

「なるほど、それで図書室に……」

「うん。ラノベ読んでるとこ見られちゃったら、即バレだもん。あたし尖《とが》ってるのが好きだから、人にもおすすめしづらいし。今読んでるこれなんかが、まさにそう」

山田が小説を振った。挿絵と同じくゴアスプラッターなイラストの表紙は、可愛《かわい》らしいブックカバーで隠されている。

「……分かるよ。俺もそういう、人を選ぶような作品を好きになりがちだから。布教したくてもできないんだよなぁ。勧めて、合わないって言われたら嫌だし」

「それな。うなずきすぎて、首もげるわー」

俺が共感を示すと、それに山田も共感し、会話がどんどん弾んでいった。

俺の中で、山田に対する親しみが急激に増していく。

潤奈《じゆんな》のときにも感じたが、やはりお互い共通の好きなものがあると、それだけでぐっと心の距離が近づく。マイナーであればあるほど。

「――てか、栗本《くりもと》くんはもう読み終わってるの？　この本」

「いや、実はまだ……」

俺はエナメルバッグを漁《あさ》り、読みかけの小説を取り出した。

「今読んでる本を読み終わったら、読もうかなって」

「へー……知らないタイトル。表紙綺麗《きれい》だねー。ライト文芸？」

俺の手から小説を受け取り、あらすじを読みながら、山田が呟《つぶや》く。

「だな。ジャンルは……恋愛」

「恋愛？　意外――」

言いかけ、山田がにんまりと笑った。

「——でもないか。でゅふっ」

「キモオタみたいな笑い方すんな」

「ふひひっ、サーセン。つい、素がぁ……」

「キモオタが素なのか？」

外見とのギャップがすごい。

唇に薄く塗られた色つきのリップグロスが、蛍光灯の光を照り返して艶《つや》めく。

山田《やまだ》は長い睫毛《まつげ》に縁取られた目を細めると、

「……この本、ちょっと気になるかも。栗本《くりもと》くんの？」

「ああ。最近出たばっかりの新刊だ。図書室には、たぶんまだない」

「ふーん……じゃあさ、読み終わったら貸してくれない？　ていうか——」

ずいっと顔を近づけてきた。

いきなりすぎて身を引くこともできず、俺は固まる。空が落ちてきたような感覚。蒼穹《そうきゅう》を彷彿《ほうふつ》とさせる澄んだ双眸《そうぼう》が、すぐそこにある。

「栗本くんのおすすめ、教えてよ。あたしの『好き』は変わってるけど……栗本くんは、合いそうな気がするんだよねー」

「……。お、おう」

俺は気おされ、萎縮した。山田といい潤奈《じゅんな》といい、俺が知り合う女子はどうしてこう、物理的な距離が近いのだろう。

「栗本くん、雨は好き？」

パステルブルーの傘を傾け、山田が訊《き》いてくる。俺は透明なビニール傘を差し、山田の隣を歩きながら答えた。

「割と好きだよ」

並べられた傘のぶんだけ開いた距離を、雨が埋める。雨は小雨で、穏やかな雨音に包まれた街は微睡《まどろ》んでいるようだ。山田が「そっか」と嬉《うれ》しそうにした。

「あたしも！　雨だと遠慮なく引きこもれるからー。部活もないし、読書がはかどる……栗本くんは陸上だよね。種目は？」

「なんだと思う？」

「んー。とりま、短距離……ではないと思うなぁ。中距離か、長距離……幅跳びっぽくもあるけど、高跳びではたぶんない。投擲《とうてき》系では絶対ないよね……うーん、長距離！」

「――正解だ。よく分かったな」

「やった！　ふふっ……クールなところと、ストイックそうなところが、それっぽいなーって。好きなの？　走るの」

「嫌いではない」

「好きでもないんだ？」

「かなぁ……しんどいし。ただ、走りながら音楽聴いたり、考えごとしたりするのは結構好きで。部活だと、音楽は聴けないけどな」

「へー。どんなん聴くの？」

「鬱ロックとか」

「……うつろっく？」

さすがに知らないか。傘と小首を傾《かし》げる山田《やまだ》に、言い直す。

「邦ロックだよ。フォーリミとか、マイヘアとか。ENDY《エンディー》とか」

「ENDY!?」

山田が食いついてきた。曇天の下でも輝きが衰えない瞳をきらめかせ、

「めっちゃいいよねっ！　あたしは、特にあれが好き――『End《エンド》 of《オブ》 Night《ナイト》』と『Dawn《ドーン》 Yells《イエルズ》』！」

「バンドの名前が冠された、最後のダブルシングルか。エモいよな、色んな意味で！」

「うん。未《いま》だに解散引きずってるもん……栗本《くりもと》くんは？　どの曲が一番好き？」

「一番、か……俺は『Red《レッド》 Hot《ホット》 Bomb《ボム》』かな。インディーズ時代の再収録《re:Rec》で、全英詞のマイナーな曲なんだけど、激しくて最高なんだ。こないだカラオケで唄《うた》った」

「えっ、栗本くん、あれ唄えるの？　超むずくない？　やばっ、聴きたいんだけどー……行っちゃう？　今から二人で行っちゃう、カラオケ!?」

「……。今から？」

いきなりの誘いに、俺はためらう。

脳裏に潤奈《じゅんな》のことが浮かんだ。ヘッドホンをつけ、曲作りに没頭している潤奈の姿が。

逡巡《しゅんじゅん》の末、首を振る。

「さすがに急だなぁ。先週行ったばかりだし」

「ん……そっか。残念」

山田が視線を前方へ戻した。

街路樹の葉に溜《た》まった雨が落ち、傘に当たって重い音を立てる。しかし山田の足取りは軽く、声も朗らかだった。

「とりま『パニスク』は明日《あした》までに読み終わっとくよー。んで、栗本くんおすすめの小説を読む！」

「なら、俺も読み終えとかなきゃな。今読んでるやつが面白かったら勧めるし、微妙だったら他のを勧めるよ。どんなのがいい？」

「うーん……」

山田が人差し指をあごに当て、思案する。そして元陰キャとは思えない、太陽のように明るい満面の笑みで答えた。

「文体は軽いけど、内容は重ためで昏《くら》いやつ！　恋愛ものなら、切ないのがいいなぁ……あたし、心を抉《えぐ》られる系の、鬱っぽい作品好きでっ」

「栗本《くりもと》くん、おはよ！」

翌日の朝。陸上部の練習を終え、一人でトイレに寄ってから、教室へと向かう最中――

俺の背中に明るい声がかけられる。俺は振り向き、軽く挨拶を返した。

「ん、おはよう。山田《やまだ》さん」

山田も朝練終わりなのだろう、制汗スプレーとデオドラントシートの匂いが濃い。窓の外には、ブルーハワイのシロップをぶちまけたような青空が広がっている。

「昨日ぶりだねー」

そう言って微笑《ほほえ》む山田の顔がどこか疲れて見えるのは、窓から射《さ》し込《こ》む眩《まばゆ》い陽《ひ》でできた陰影のせいなのか。俺は山田と並んで廊下を歩き、

「――あ、そうそう。昨日話してた俺おすすめの本、持ってきた。読んでた恋愛のやつも面白かったけど、切ない系とはちょっと違って……山田さんの好みに合うかは微妙だったから、別のにしたよ。今渡そうか？」

尋ねると、山田が申し訳なさそうに謝ってきた。

「あっ、ごめん。あたしの方は、まだ読み終わってなくて……」

しょんぼりと肩を落とす山田には、やはり憔悴《しょうすい》の色がある。

化粧で上手《うま》く隠されているようだが、寝不足なのか、瞳が濁っているように思えた。

「いや、本のことなら別にいいけど……体調でも悪かったのか？　別の用事で忙しかったとか。なら、無理しなくても」

「や、そういうのじゃないんだけどさ」

山田が言《い》い淀《よど》み、ポニーテールの毛先を弄《いじ》る。しばし無言の時間が流れた。

「……。栗本くん」

山田の歩みが止まる。

俺も足を止め、山田を見た。俺をじぃっと見つめる双眸《そうぼう》――彼女らしくない昏《くら》い瞳の奥底に、決意の光が宿っている。

「今日のお昼休み、時間あるかな？」

次の瞬間、山田の口から飛び出した言葉は、下手な小説のどんでん返しよりもよっぽど俺を驚かせてきた。

「話したいことがあるんだ……二人っきりで！」


俺たち男子高校生が女子に一人で呼び出された場合、真っ先に想像するイベントは告白だろう。

とはいえ俺と山田《やまだ》は昨日まで友達《ともだち》の友達、陽次郎《ようじろう》という共通の知人を交えず二人だけで話したこともほぼない関係だった。

にもかかわらず、いきなり告白？　あり得ない——と言いきれないのは、趣味の会話でお互いすっかり意気投合したのと、山田の妙な気安さである。

パーソナルスペースに張り巡らされたセンサーをすり抜け、さっと間合いを詰めてくる距離感。山田なら、出会って一日で即告白してきてもおかしくはなかった。

……なんて、我ながら自意識過剰で自惚《うぬぼ》れていると思うが、人が何かを好きになるのに時間は関係ないとも思う。

出会った瞬間、心を鷲掴《わしづか》みにされ、問答無用で引きずり込まれることもあるのだ。

俺が初めてＹＯＨＩＬＡ《ヨヒラ》の音楽を聴いたときのように。

彼女も——

「あのね」

空に一番近い場所。落下防止の高いフェンスに囲まれた檻《おり》のような屋上で、俺は山田と向かい合っていた。

昼休みだが、俺たち以外の生徒はいない。ここは特別教室が集まる西棟で、各クラスの教室から遠く離れた位置にあるため、利用する生徒は稀《まれ》なのである。

そんな辺鄙《へんぴ》なランチスポットをわざわざ訪れた山田は、屋上に到着してすぐ真剣な——思い詰めた表情で、切り出してきた。

手には、サンドイッチやらサラダやらが入ったコンビニのレジ袋。

その持ち手を握りしめながら、山田は震える唇を開く。

「——あたし」

緊張する俺の目を真《ま》っ直《す》ぐに見て、

「もしかして……ってか、絶対そうだと思うんだけど！　雨森《あまもり》さんって、ＹＯＨＩＬＡのＪＵＮ《ジュン》だよねっ⁉」

告げられたのは、予想外の内容だった。

「……っ！　なんで——」

咄嗟《とっさ》に口を突いて出たのは、肯定でも否定でもなく疑問。なぜ、山田がＹＯＨＩＬＡを知っているのか。

「昨日の帰り、あたしがどんな音楽聴くのか訊《き》いたとき……栗本《くりもと》くん『うつロック』って言ったじゃん？　あのときはよく分からなかったんだけど。気になったから、後で調べてみたんだよね。そしたら、色んなバンドが出てきてー」

話しつつ、山田がスマホを操作する。

「その中で、一番新しいのを聴いてみたんだ。それが、これっ！」

突きつけられたスマホの画面には、音楽系ブログのものと思《おぼ》しき記事に貼られた動画のサムネイルが表示されていた。

『紫陽花《あじさい》と亡霊』のリリックビデオだ。

「もうね、一発でハマって……」

スマホを引っ込めるなり、山田《やまだ》がリンク動画の再生ボタンを押した。

晴れた空の下、病的なまでに歪《ひず》んだエレクトリックギターと、雨音を連想させるピアノのイントロが流れ出す。そして程なく、気怠《けだる》げなウィスパーボイスが曇り空のように鬱々とした詞を紡ぎ始めた。

「聴き終わった瞬間、即リピ！　……で、聴きながら『あれぇ？』ってなって。この声、なんか聞き覚えあるぞ？　みたいな。まさか、みたいなっ」

唄《うた》うスマホを胸に抱いて、山田が声を弾ませる。

曲がサビへと突入し、ささやき声に近かったボーカルが、抑えていたものを爆発させるように叫ぶと、山田も興奮して喚《わめ》いた。

「雨森《あまもり》さんじゃんっ！　って、部屋で思わず絶叫しちゃったよね……はぁ。まじで、いい歌……好き……って、栗本《くりもと》くん？　どうしたの？」

YOHILA《ヨヒラ》の曲とJUN《ジュン》の歌声にうっとりしていた山田が、不思議そうに問いかけてくる。俺は頭を抱え、その場にしゃがみ込んでいた。

――『好きになるのに時間は関係ない』？　その通り。実際、山田は一瞬で心奪われ、夢中になっていたのだから。

俺じゃなく、ＹＯＨＩＬＡに。

とんだ勘違い野郎だ。

「……。いや」

心に負ったダメージを回復しながら、立ち上がる。首を振り、

「まぁ、そうだよなって。そりゃあ………分かるよな。潤奈《じゅんな》を知ってる奴《やつ》が聴いたら、あいつの声だって。割とそのまんまだし」

「あはは、うん。サビとか、感情こもってるとこは別人みたいだけどねー」

俺の小っ恥ずかしい勘違いには気づかないまま、山田が笑った。屋上にはＪＵＮの――潤奈の歌が響き続けている。

「……と、まぁそんな感じで、ＹＯＨＩＬＡにドハマりしちゃってさぁ。片っ端から聴きまくっていたら、いつの間にか朝……あれ、陽《ひ》のぼってる？　みたいな。それで本も読めなかったし、寝不足で……ふぁ」

手で口元を覆ってあくびし、目尻に浮いた涙をぬぐう。今日の山田が憔悴《しょうすい》して見えたのは、睡眠不足が原因だったというわけだ。

「――で、雨森さんといえば栗本くんじゃん？　これは直接話さなきゃって、誘ったの。誰にも聞かれないように、こっそり」

「な、なるほど……」

ＪＵＮ《ジュン》は素性を一切明らかにしていない。潤奈《じゅんな》の性格的にも、音楽活動をしていること は極力、他人に知られたくないはずだった。

「雨森《あまもり》さんにも言った方がいいかな？　あたしが、雨森さん＝ＹＯＨＩＬＡ《ヨヒラ》のＪＵＮって 知っちゃったこと」

「それは……まだ黙っておいた方がいいんじゃないかと思う」

『紫陽花《あじさい》と亡霊』の間奏を聴きながら、俺はフェンスに歩み寄っていく。

「潤奈は今、忙しいらしいんだ。曲作りに集中してる……伝えるなら、潤奈が落ち着いた 後だな。俺が事情を説明するよ。山田《やまだ》さんがＹＯＨＩＬＡを知ったきっかけは、俺の迂闊《うかつ》 な発言だから」

ＹＯＨＩＬＡはそこまでメジャーなバンドではないが、鬱ロックというキーワードから 辿《たど》れば、簡単に見つけられてしまう。今後は気をつけようと思った。

「……けど、知られたのが山田さんでよかった」

フェンスの土台部分に腰かけ、俺は呟《つぶや》く。

山田が「へ？」と目を瞬《しばたた》いた。

「潤奈の奴《やつ》、山田さんには気を許してる方なんだ。あれでも」

「……っ！」

俺の言葉を聞いた山田が、コンビニの袋を取り落とす。両手で頬《ほお》を押さえ、叫んだ。

「まじっ⁉　はわわわ……ど、どどどど、どうしよう」

頬を押さえる手に力が加わり、ムンクの『叫び』みたいになる。

「雨森さん――YOHILAのJUN様が、あたしに気を……きょ、恐縮すぎるっ！」

「JUN様て」

「あたし、雨森さんに次会ったとき、ちゃんと喋《しゃべ》れるっ⁉　感極まって、限界オタク化しちゃうかも！　実はキモオタなのがバレるぅう！　ふぉおおおお！」

「……潤奈的にはむしろ親近感が高まって、好感度も上がるんじゃないのか？　ギャルの皮を被《かぶ》ったキモオタ。お互い秘密を明かし合えばいいじゃん」

うろたえる山田に苦笑し、俺は自前のランチバッグを開けた。山田が平静を取り戻し、そばの土台に腰かける。

「ん、確かに……お互い様だよねっ！　ふひっ」

その後、俺たちは昼休みの時間いっぱいYOHILAの話題で盛り上がり、二人揃《そろ》って午後の授業に遅刻した。


「詩暮《しぐれ》。君、最近浮気してるだろ」

あらぬ嫌疑をかけられた。

ある日の放課後、俺が荷物をまとめていると、陽次郎《ようじろう》が藪《やぶ》から棒《ぼう》に告げてきたのだ。

俺は「はぁ?」と眉をひそめて、仁王立ちした陽次郎を見る。

「してねーよ……山田《やまだ》のことか?」

「自供した! これはもう、罪を認めたっていう解釈でいいよね?」

「よくねーわ。なんでそうなるんだよ」

「雨森《あまもり》ちゃんというものがありながらっ!」

「……潤奈《じゅんな》は関係ないだろう」

教科書とノートが折れ曲がらないように気をつけながら、エナメルバッグに詰め込んでいき、俺は言う。

「山田とはそういうのじゃないし」

「……山田『とは』? とは、ってことは——ごふっ!」

目を光らせて詰め寄る陽次郎の頭に、背後からスクールバッグが叩《たた》きつけられた。

「クズ次郎、邪魔」

悶絶《もんぜつ》する陽次郎に冷たい視線を注ぎ、山田がしれっと吐き捨てる。相変わらず陽次郎にだけは、優しくないギャルだった。

「あと邪推すんなし。あたしと栗本《くりもと》くんは、ただの友達《ともだち》だから」

「……あたしと栗本くん『は』? は、ってことは——」

「もういいから、それ」

俺は鞄《かばん》のファスナーを閉め、立ち上がる。

「さっさと部活行けよ。バスケ部は雨でも練習あるだろ？」

窓の外では昼過ぎ頃から予報通りの雨が降っており、風で揺れる木々の枝葉を濡《ぬ》らしていた。朝練がみっちり行われたため、今日の午後練は丸々なくなっている。

「君たちは？　今日も一緒に帰るのかい？　それとも図書室デート？」

陽次郎の問いかけに、俺たちは顔を見合わせ、

「どうしよっか。あたし的には図書室でもいいけど」

「ダベるのには向いてないよな……カラオケでも行く？」

「いいね、行こ行こ！」

「やっぱり浮気してるだろ⁉」

飄々《ひょうひょう》と予定を話し合う俺たちに、陽次郎が喚《わめ》いた。クラスメイトの視線が集まり、山田が鬱陶しそうに顔をしかめる。

「違うから。むしろ同好の士、みたいな」

「……どういうこと？」

「教えなーい。行こ、栗本くん」

「おう。またな、陽次郎」

怪訝《けげん》そうな陽次郎を残し、山田と教室を出た。俺は後ろを振り返りながら尋ねる。

「あいつ、本気で勘違いしていない……よな？」

「さぁ？　大丈夫だと思うけど。あたしとクズ次郎も、そういうのじゃないし……された
ところで、みたいな」

山田《やまだ》の対応はドライだ。山田と陽次郎《ようじろう》、幼なじみな二人の関係が気になるが――

「雨森《あまもり》さんは？　全然連絡ない感じ？」

話を深掘りする前に、山田がすっと話題を変えた。俺は答える。

「……ないな。まったく」

潤奈《じゆんな》とのやり取りは一週間前、赤城《あかぎ》の弁当を食べたことに対して『ずるい』と嫉妬して
きた潤奈に、俺がスタンプを返したところで終わっている。

既読はついているものの、返信はない。あれ以来、保健室にも顔を出していないため、
学校に来ているのかさえ分からなかった。

「忙しいんだろ」

俺はさらっとそう付け足すが、内心では雨が降りそうで降らない曇り空を仰ぎ見ている
ような、不安ともどかしさが立ちこめている。

山田が俺の顔を覗《のぞ》き込《こ》み、にやにやと訊《き》いてきた。

「寂しい？」

「まぁ、それなりに……」

言ってから、すぐ言い直す。

「……いや。ぶっちゃけ、だいぶ寂しい」

ここ数日は梅雨らしい天気が続いていたが、雨が降っても潤奈に会えないというのは、どうにも違和感があった。ねじが一本、大事なものが抜け落ちているような感覚。

気が緩むと、つい連絡してしまいそうになる。

『調子はどうだ？』とか『学校には来てるのか？』とか、文字だけでも言葉がほしくて。

──けど、だめだ。曲ができるまで集中したいと言い出したのは潤奈だし、ただ寂しいというだけの理由で、俺の方から接触するべきじゃない。だから、ぐぐっと心をしめる。ねじがなくても。

「あははっ！　そっかー。素直だね」

山田が笑い、下駄箱《げたばこ》から靴を取り出す。青と白、空色のスニーカー。

「ついでに訊いちゃうんだけど。栗本《くりもと》くんと雨森さんって、実際のところどうなん？」

「ど、どうって……？」

「ただの友達《ともだち》？」

踏み込むように尋ねられ、俺はすのこの上で動きを止めた。答えあぐねる。

「……ん。それは──」

しかし、答えは分かりきっていた。

──『否』だ。

きっと、最初からそうだった。雨が降る放課後の視聴覚室で、偶然出会ったあの日あの瞬間から、俺は潤奈に特別な感情を抱いている。

それこそ、初めてYOHILA《ヨヒラ》の音楽を聴いたときのように。

ただ――

「友達《ともだち》だよ」

靴を履き、俺は答えた。

「まだ」

「……。そっか」

山田《やまだ》が目を丸くした後、ふんわりと微笑《ほほえ》む。そして傘立てに向かうと、パステルブルーの傘を引っ張り出し、

「カラオケ、何唄《うた》う？」

と明るく、空気ごと話題を変えた。俺は山田の隣に並び、言う。

「YOHILAに決まってるだろう」

透明なビニール傘が林立する中、奥の目立たない隅に紫陽花《あじさい》色の傘が置かれているのが見えると、安堵《あんど》のような温かい感情が胸を満たした。

「曲、あんまり入ってないけどな。五曲しか」

「その五曲を延々歌おっ！　んで、JUN《ジュン》様に一円でも印税を……」

「敬虔《けいけん》なファンだなぁ」

会話しながら傘を差し、外へ出る。雨はそれほど激しくなかったが、風が強く、横殴りの雨が制服のズボンを濡《ぬ》らした。傘がふわりと浮き上がり、持っていかれそうになる。

「——っと⁉　風強ぇ……」

「台風の影響かもねー」

吹きつける風に傘をかざしつつ、山田《やまだ》が片手で短いスカートを押さえた。

予報によれば台風は雨型。勢力が非常に強く、明日《あした》の夕方から夜にかけて関東に最接近する見込みらしい。

「学校、休みになるかなぁ？」

「どうだろう。なんか大抵逸《そ》れるよな、関東」

並んで校門へ向かう。そのとき、

「きゃっ⁉」

突風が吹き、山田の傘が飛ばされかけた。

俺は咄嗟《とっさ》によろける山田を支え、受け止める。華奢《きゃしゃ》だが柔らかな重みがかかり、柑橘系《かんきつけい》の甘い香りが風に混ざった。

「あ——」

透明な傘の下、山田が固まる。五秒ほどして、ぱっと体を離した。

「ご、ごごご、ごめんっ！」

雨に濡《ぬ》れながら裏返った傘を戻して、あたふたと差し直す。幸い、山田の傘は壊れていないようだった。俺は鞄《かばん》から引っ張り出したタオルを、山田に差し出してやる。

「いいよ。これ、未使用のやつだから」

「……あ、ありがと」

山田がおずおずとタオルを受け取り、濡れた体や髪を拭く。俺は山田から視線を外し、そこでふと校舎を見上げた。

西棟の二階、視聴覚室。分厚い遮光カーテンの端が、少しだけ開いている。電気は――点《つ》いていなかった。

「タオル、洗って返すね……」

山田の声で視線を戻す。

タオルを握る山田の頬《ほお》は、微《かす》かに赤らんでいるようにも見えた。

「いやいや。そんな、わざわざいいって……」

俺は苦笑し、山田の手からタオルを回収すると、

「けど、やっぱりカラオケは今度にしないか。雨、ひどくなるかもしれないし。風邪引かないように、早く帰って温まった方がいい――っていうのは、最近雨で風邪引いた俺からのアドバイス」

そう告げながらもう一度、視聴覚室を見る。

遠目では、教室内に人がいる気配はしない。

雨が世界を叩《たた》く音。

吹《ふ》き荒《すさ》ぶ風に煽《あお》られた木々の葉が、ざわざわと鳴っていた。

Interlude　Storm Disorder

あの日、私が聴いた──私の中から溢《あふ》れ出《で》てきた音は昏《くら》く歪《ひず》んでいて、狂おしいほどに悲痛で、荒々しく、美しかった。

遮光カーテンを閉め、最低温度の冷房をがんがん利かせた、寒くて暗い部屋の中。私は分厚い毛布にくるまり、ヘッドホンをつけて、泥のように眠る日々を送っていた。

一四歳の夏休み。YOHILA《ヨヒラ》から私以外のメンバーが全て抜け、独りになった直後の頃だ。

当時はまだ実家暮らしで、過保護で親馬鹿な両親が、触れれば壊れる脆《もろ》いガラスを扱うように接してくれていたことを憶《おぼ》えている。その優しさすら、痛かった。

「……………………………」

音はない。ノイズキャンセリング機能つきのヘッドホンは音楽を再生するのではなく、ただ、世界の雑音を消し去るためだけに使われていた。

まるで深海みたいだ、と思う。静かで暗く、冷たくて重い。このまま溺れて、潰れられたら、どんなに楽だろうと想《おも》う。泡になって、消えられたなら──

──と、そのときだった。

微睡《まどろ》んでいた私の意識を、低い弦の響きが揺り起こす。硬く、金属的で、冷徹なベースギターの音だった。そこにバスドラムの鼓動と、か細い呼吸のようなギターのアルペジオが重なる。陰鬱で病的なサウンド。さらには曇り空を想い起こさせる旋律に、雨音みたいなピアノが重なり、昏く重たい四重奏はにわかに激しさを増していく。

音楽は流していない。

にもかかわらず、流れ出てきた。外からじゃなく、私自身の内から。

心の柔らかいところに鋭い刃を突き立てられたように、熱いものが溢れる。それは血であり、涙であり、音だった。

私の中で渦巻く闇が、病みが奏でる憂いの音楽《ロック》。

「……っ!」

私は電気を流されたように跳ね起き、毛布を捨ててデスクへ向かう。

ヘッドホンを外して録音アプリを起動し、鼻歌を唄《うた》いつつ、メロディーと一緒に浮かび上がってくる詞の断片を、夢中でルーズリーフに綴《つづ》った。

それが始まり。

四片から一片になったYOHILAが、色を変えた瞬間だった。

――そして、現在。

私はあの日と同じように、暗い部屋で独り、パソコンと向き合っていた。ヘッドホンをつけ、青白いスクリーンの光に瞳を、溢《あふ》れ出《で》る熱い激情に心を灼《や》かれながら、自傷めいた創作に没頭している。

思い出すのは今日の放課後、視聴覚室での出来事だ。

視聴覚室。彼と出会った思い出の場所。

そこにいれば、何かが湧いてくるかもしれない――彼がひょっこり現れてくれるかもしれないなんて淡い希望を抱き、電気が消えた教室の中、雨が降る外の景色を眺めていた。

そのときに、見た。傘を並べて下校する、彼の姿を。

透明とパステルブルー。青い傘が誰なのかは、すぐに分かった。

ざわりと強い風が吹く。傘を飛ばされかけた彼女がよろけてバランスを崩し、彼がすかさず腕を伸ばして支えた。

体が触れ合い、透明な傘の下で抱き合うような格好になる。

その光景を目にした瞬間、世界から音が消え、

――次の瞬間、音が溢れた。

醜くておぞましい、聴くに堪《た》えない音楽が。

「……っ!?」

私は悲鳴を上げ、剝《む》き出《だ》しの耳を押さえてうずくまる。何かが、かちかち鳴っていた。歯だ。それに荒い息遣いが重なり、心臓が乱れたビートを刻む。頭の中に流れる旋律は、止《や》まない。風が逆巻き、雨が降り注ぐ嵐のように、どんどん激しくなっていく。

理性が弾《はじ》け飛《と》びそうだった。

「…………な……きゃ……」

私はよろよろと起き上がり、重いギターを背負って歩き出す。

「作らなきゃっ！」

そこから先はよく憶《おぼ》えていない。

気づくと私は部屋《ここ》にいて、鳴り終わった後も消えない残響に眩暈《めまい》を覚えながら、創作に熱中していた。

既にほとんど完成していた楽曲——彼が鳴らしてくれたこの上なく美しい旋律を編んで生み出された曲を、敢《あ》えて台なしにする。

澄んだ音にこれでもかとエフェクトをかけまくって歪《ひず》ませ、完璧だった構成を滅茶苦茶《めちゃくちゃ》に組み直し、別物へと変わり果てさせていく。

近づけていく。

私が聴いた、醜い旋律に。

それは吐き気をもよおすほどに苦しく、辛《つら》く、耐えがたい所業だった。愛する者を自らの手で殺《あや》めるような。

けど、やらなくちゃいけない。

このままじゃだめだから。

私が想《おも》う、彼が想うYOHILA《ヨヒラ》の音楽じゃないから。

私は――

「……詩暮《しぐれ》っ！」

魂を削り、彼がくれた旋律《しあわせ》を、壊す。

6　憂＆愛

『梅雨寒』という表現にふさわしい、肌寒い日だった。

昨日から降る雨はひとときも止《や》むことなく激しさを増していき、モノクロームに沈んだ世界を時折、鮮烈な稲光が照らす。

ごろごろと鳴る雷鳴は、雲の中に棲《す》む巨大な獣が上げる唸《うな》り声《ごえ》のようだ。そして、絶え間ない雨の音。

「大雨警報だけかよぉ」

「暴風警報が出れば、休みになったのにね学校」

クラスメイトの話し声が聞こえる。

夜に最接近する台風は雨型のため、風はそこまで強くなく、荒れた天候の中、俺たちは平常通りに登校していた。

潤奈《じゅんな》は来るのだろうか――と、止まったままのやり取りを見て考える。

台風はいい口実だ。一言だけでも声をかけるか、かけないか。

（訊《き》くまでもなく来ないだろ……でもなぁ。話したいんだよな……）

悩んでいるうちに一日の始まりを告げるチャイムが鳴り響き、俺は止《や》むなく、スマホをポケットにしまった。

台風が近づくにつれ雨脚は強まり、放課後には全ての部活が練習中止。俺たち生徒は、速やかな下校を推奨された。しかし、あくまでも『推奨』だ。強制ではない。

「──雨森《あまもり》？」

保健室を訪れるなり潤奈《じゅんな》の居場所を尋ねた俺に、赤城《あかぎ》が眉根を寄せる。

俺も一度は下校しようとしたのだが、傘立てに潤奈の傘があるのを見かけ、気になって戻ってきたのだ。

「視聴覚室にでもいるんじゃないか」

脚を組んで椅子に腰かけた赤城は、紅《あか》いスマホを手持ち無沙汰に弄《いじ》りつつ、

「ただ……かなり集中しているようだから、邪魔するのはやめておけ。最悪、帰りは私が車で送ってやるから」

と告げてきた。台風が近づいているのに、最終下校時刻まで残るのか。

悩んだ挙げ句に昼休み中、一言『台風来たな。学校来るなら気をつけて』とだけ送ったメッセージも未読のままだ。俺は潤奈が心配になる。

「曲作り、難航しているんですかね……」

「みたいだな」

赤城はスマホ画面に視線を落としたまま、うなずくと、

「どうも最近、スランプに陥っているらしい。YOHILA《ヨヒラ》らしい曲が書けないんだと、こぼしていたよ。耀《よう》の奴《やつ》――マネージャーには、黙っているみたいだが」

何気ない口調で言った。赤城の漏らした一言が、いつか覚えた違和感を思い出させる。

「スランプ……YOHILAらしい曲？」

最後に潤奈と会い、下校したとき。新曲を楽しみにしていると言う俺に対して、

『絶対、最高傑作にする』

と力強く応えた潤奈の、妙に弱々しい雰囲気。その言葉の裏には、どんな苦悩や葛藤があったのだろう。

YOHILAらしい曲――曲も詞も鬱々とした、昏《くら》い楽曲。鬱ロック。それが書けなくなってしまったのだとしたら、考えられる原因は、

「……………………俺だ」

「――栗本《くりもと》？」

「すみません。失礼します」

怪訝《けげん》な目を向けてくる赤城に背を向け、保健室を出た。廊下を歩き、真《ま》っ直《す》ぐ昇降口へ向かうと、靴を履き、

「……俺のせいだったんだな、潤奈《じゅんな》」

傘立ての隅に置かれた紫陽花《あじさい》色の傘を見ながら、呟《つぶや》く。

「俺がＹＯＨＩＬＡ《ヨヒラ》の『色』を——」

ＹＯＨＩＬＡのバンドロゴ・ステッカーが貼られた持ち手を掴《つか》み、引き抜いて、奥歯を噛《か》んだ。透明な傘を差し、嵐の中へと足を踏み出す。暗くて冷たい、灰色の世界。

俺はＹＯＨＩＬＡというバンドのことが、ＪＵＮ《ジュン》というミュージシャンのことが大好きな大ファンだ。

だからこそ、自分の存在が彼女に少なからぬ影響を及ぼし、生み出される作品に決定的な『変化』をもたらしてしまうのが、どうしようもなく恐《こわ》かった。


土砂降りの中、うつむきながら駅まで歩く。俺の手から傘を剥《は》ぎ取《と》ろうとするように風が吹き荒れ、傘では防ぎきれない雨がスラックスを濡《ぬ》らした。

（あのときの感覚は、間違っていなかったのか……）

いつか、潤奈が視聴覚室で、新曲を聴かせてくれたことがある。未完成の未発表、制作途中の仮音源だ。

俺という存在が、潤奈の中で鳴らした音が使用された楽曲。

それを聴いた最初の感想は『ノリがいい曲』だった。

仮録《ど》りなので音質は悪く、打ち込みのベースやドラムは簡素だったが、それでもギターが奏でるリフは瑞々《みずみず》しく滑らかで、鮮やかな緩急があり、そこに重なる電子ピアノの音は軽やか。鼻歌がなぞる歌メロも素晴らしく、聴けば踊り出したくなるようなアップテンポの曲だった。いい曲だ、と素直に思う。好きか嫌いかで言えば、間違いなく大好きだ。

ただ、同時に――

（……ＹＯＨＩＬＡっぽくないな？）

とも、感じてしまったのである。ＹＯＨＩＬＡの特徴である昏《くら》さや儚《はかな》さ、陰鬱や哀愁といった負の気配が薄く、躁《そう》じみた明るさに満ちている。いい曲ではあるが、ＹＯＨＩＬＡの曲としてどうなのかと問われたら、答えに窮してしまう。そんな曲。

とはいえ、未《いま》だ制作過程の音源だ。ここから音を歪《ひず》ませるなどしてアレンジしていくのかもしれないし、ボーカルや詞が加われば、印象ががらりと変わるかもしれない。

状況的に集中できていなかったのも、きっとある。

そう自身を納得させて、俺はシンプルに『いい』とだけ伝えた。そして深くは考えず、新曲の完成を楽しみに待っていたのだ。

今思えばあのとき既に、予感はあったのかもしれない。

俺が潤奈を――ＪＵＮを変え、ＹＯＨＩＬＡというバンドの音楽性を変えてしまうのではないか。そんな不安と恐怖を伴う、昏い予感が。

それは潤奈《じゅんな》の想《おも》いを感じるたびに少しずつ膨らみ、喜びや嬉《うれ》しさといった明るい感情の陰で密《ひそ》かに濃さを増していた。

——違うっ！　そんなのは俺の勝手な思い上がりだと、自惚《うぬぼ》れるのも大概にしろと己を諌《いさ》め、嗤《わら》い飛ばそうとしていたのだが。

（勘違いじゃ、なかった……）

実際、潤奈は俺が彼女の孤独や鬱屈を和らげ、前向きにしてしまったせいで、これまでのような昏《くら》い曲が生み出せなくなっていたのだ。そのことで、クリエイターとしての潤奈はひどく苦しみ、悩んでいる。

紫陽花《あじさい》が土により花の色を変えるみたいに、かつて大きく色を変えたＹＯＨＩＬＡ《ヨヒラ》は、再び色を変えようとしているのかもしれない。

それは一体どんな色だろう。俺や彼女にとって、幸せな色なのだろうか。

——分からない。

分からないから、恐ろしかった。

最悪、枯れてしまう可能性だって——

（……。俺は）

歩行者用の青信号が明滅し、赤へと変わる。靴が水溜《みずた》まりを踏んづけ、足先から悪寒が這《は》いのぼってきた。

（俺のせいで、ＪＵＮ《ジュン》がＹＯＨＩＬＡの曲を作れなくなるんだったら……）

激しさを増す風と雨。傘を握る手に力がこもる。

（彼女にこれ以上、深く関わるべきじゃないのかもしれない）

暴力的な風に煽《あお》られ、安っぽい金属のフレームが軋《きし》みを上げた。手を離せば一瞬で舞い上がり、空の彼方《かなた》へ消えていくだろう。

遠くで雷が鳴った。赤信号が青へと変わり、堰《せ》き止《と》められていた人々が動き出す。

俺は水溜まりから一歩、大きく足を踏み出した。

目の前の駅に向かって――

（――なんて……）

ではなく。


「思えるわけっ、ねぇだろうがぁあああ！」


学校へ。Uターンして走り出す。

突如叫んだ俺に驚き、人波が割れた。風に乗り、真っ正面から襲いかかってくる雨が、顔面を打つ。踵《きびす》を返した拍子に傘が攫《さら》われ、空高く舞い上がったが、構わない。構わず、全力で走った。

（俺はYOHILAの、JUNのことが大好きな、大ファンだ！）

嵐の中を駆けながら、彼女の曲を思い浮かべる。

イヤホンはつけていないが、JUN《ジュン》が唄《うた》う詞の一言一句、YOHILA《ヨヒラ》が奏でる旋律の一音一音まではっきりと、鮮明に再生できた。それくらい、俺は彼女の音楽が好きだ。

（――それでもっ！）

雨で視界が滲《にじ》み、濡《ぬ》れた髪や衣服がべったりと肌に張りつく。呼吸が乱れ、心臓が肋骨《ろっこつ》を突き破らんばかりに暴れた。喉の奥で血の味がする。

（俺が一番、好きなのは――）

豪雨と暴風、とどろく雷の音に掻《か》き消《け》されまいと、俺は叫んだ。仄昏《ほのぐら》い空に向け、彼女の名前を。

制服のまま、海でダイビングでもしてきたような有様だった。

歩けば一〇分かかる距離を三分とかからずに走破し、校舎に舞い戻った俺は、昇降口で弾む息を整えながら、髪や体をぞんざいに拭く。

皆とっくに下校しているようで、戻って来る途中も、来てからも、俺以外の生徒を見かけることはなかった。嵐の中を傘も差さずに全力疾走している姿――しかもなぜだか学校方面――を目撃されたら恥ずかしさで死ねるので、僥倖《ぎょうこう》だと言えよう。叫んでいるところなど、もっての外だ。

肌に吸いつく冷たい衣服が、熱く滾《たぎ》った俺の心を幾分か冷静にしてくれていた。

「……。さて」

髪と体をあらかた拭き終わったところで、ぐしょぐしょの靴を履き替え、頭にタオルを乗せたまま周囲を見回す。右を見、左を見、人気《ひとけ》がないのを確認してから、

「行くか！」

廊下を走った。拭ききれなかった細かい水滴が、髪の先から汗のように散る。目指すのは西棟の二階、視聴覚室。彼女がいるであろう場所だ。

――創作の邪魔？　知るか。

会いたい。

会って伝えたい。

――何を？

……分からない。分からないが、ただ、無性に会いたいと思った。

答えなど、会ってから見つければいい。

そんなことを考えながら、階段を駆けのぼる。冷えて冷静になったはずの心がみるみる熱くなり、呼吸が再び乱れ始めた。

仮に今、教師が目の前に現れ『廊下を走るな！』と叱責されたところで、俺の足は止まらない。無視して躱《かわ》し、振りきるだろう。

「はぁっ、はぁっ……」

頭から首へと落ちたタオルで、雨か汗か分からない雫《しずく》をぬぐった。急《せ》き立《た》てるように雨音は響き続け、吹《ふ》き荒《すさ》ぶ颶風《ぐふう》の間隙に雷が鳴る。

切れかけの蛍光灯と稲光が瞬《またた》く、人気《ひとけ》がない空虚な廊下は、まるで時間が止まっているかのようだ。

その片隅で、彼女は独り、懸命に闘っている――

「潤奈《じゅんな》っ！」

視聴覚室に着くなり扉を開けて、俺は叫んだ。

教室の電気は点《つ》いている。しかし潤奈の姿は見当たらなかった。

「……いない、のか？」

返答はない。教室内は静まり返っている。窓際の奥、潤奈の定位置である長机の隅に、スクールバッグが残されていた。溜《た》め息《いき》を漏らし、近づいていく。

机の上には鞄《かばん》の他にも、潤奈が愛用するゲロッピのペンケース（青紫色）が口を開けた状態で放置されていた。使いかけのシャーペンや消しゴム、消しゴムのカスが散らばっている。今の今まで、潤奈がそこにいたかのように。

傍《かたわ》らの壁を見る。ギターケースは、立てかけられていなかった。

時計の針が示す時刻は一六時半前。ここへ来る前、確認した傘立てには彼女の傘が残されていたから、帰ってはいないはずだが。

『どこにいる？』

と直接訊《き》こうと、ＬＩＮＥを開く。一件の新しいメッセージが来ていた。

俺が送った『台風来たな。学校来るなら気をつけて』というメッセージに対して、

ＪＵＮ《ジュン》：Singin' in the Rain

送信時間は、ほんの数分前だ。

「シンギング・イン・ザ・レイン……」

消えたギターケース。俺は潤奈の痕跡が残る机を一瞥《いちべつ》し、

「『雨《あめ》に唄《うた》えば』？」

潤奈のアイコンを見た。

ＹＯＨＩＬＡ《ヨヒラ》のバンドロゴ・マーク。雨に打たれる紫陽花《あじさい》がモチーフのイラスト。

「……っ！　まさか──」

次の瞬間、俺は邪魔なエナメルバッグを捨てて駆け出していた。無人の視聴覚室を飛び出し、上へと向かう。四階の上。空に一番近い場所。

──屋上へ。

この天候で、あり得ないと思う。

だが、足は止まらない。潤奈はそこにいるという確信めいた直感が、俺を突き動かしていた。破裂しそうな心臓を躍らせながら、暗く狭い階段を一段飛ばしで駆け上がる。

雨音が近づいた。果たして——

屋上へと出る扉の前には、空っぽのギターケースが放られていた。埃《ほこり》っぽい床に、青紫の蛙《かえる》が転がっている。天空から降り落ちてきた、独りぼっちの天蛙《あまがえる》。

「……っ、潤奈《じゅんな》！」

ライブハウスの防音扉のような、重たい鉄扉を押し開けた。

雨音が一気にボリュームを増し、濡《ぬ》れたコンクリートの匂いが薫り立つ。散弾めいた雨粒の群れが顔を打ち、せっかく拭いた髪や体がびしょ濡れになってしまうが、構わない。目を眇《すが》め、雨の奥を睨《にら》んだ。

雨に打たれる紫陽花《あじさい》。

そのイメージのまま、葉っぱを彷彿《ほうふつ》とさせるサーフグリーンのギターを提げた潤奈が、大雨の中、傘も差さずに立っていた。

高いフェンスに四方を囲まれた屋上。その真ん中で、潤奈はこちらに背を向け、超然とたたずんでいる。髪も制服もずぶ濡れだったが、微動だにせず、頭上に広がる灰色の空を仰いでいた。制服を着たまま、シャワーでも浴びているかのように。

雲の中に潜む獣が、ごろごろと唸《うな》る。

「…………………………」

声をかけることは疎《おろ》か、動くことすらもできない。

指一本でも動かしてしまったら、空気がひび割れ、粉々に砕け散ってしまう――そんな脆《もろ》く危うい緊張が、俺の喉と体を凍らせていた。

――と。

空を仰いでいた潤奈が前を向き、垂れ下がっていた腕が動く。左手がギターのネックを握り、涙型のピックを握る右手が体の前へ。すぅっと深く息を吸う音が、聞こえたような気がした。

「……『憂&愛』」

潤奈がぼそりと呟《つぶや》く。雨音に消されかねない小さな声は、雨の隙間を縫うようにスッと俺の耳に届いた。ゆーあんどあい……YOU&I? 言葉の意味を考えようとしたとき、近くの空に白い光が奔《はし》る。潤奈の右手がゆっくりと持ち上がり、

雷の轟音《ごうおん》がとどろいた瞬間。

それを合図としたようにギターピックが叩《たた》きつけられ、弦を弾《はじ》いた。

だが、音は鳴らない。いや、鳴ってはいるのだろうが、弱すぎて嵐の音に圧《お》し潰されてしまっている。

電気が流れていないからだ。

エレクトリックギターは電気の助けを借りなければ、爆発的な音を響かせることができない。微弱な弦の震えを電気信号に変換し、増幅させるアンプリファイヤーがなければ。儚《はかな》く絶える——はずだった。

しかし俺は、潤奈《じゅんな》が弦を弾《はじ》いた刹那、撒《ま》き散《ち》らされる歪《ひず》んだ音を確かに感じた。潤奈の手元で、溢《あふ》れ出《だ》した電光がスパークする幻を視《み》る。

アンプラグドのエレクトリックギターを掻《か》き鳴らし、聴こえない音に合わせて、潤奈が体を躍らせ始めた。

濡《ぬ》れた黒髪がひるがえり、裏側に隠された花の色を覗《のぞ》かせる。

上履きの底が水溜《みずた》まりに叩《たた》きつけられ、飛沫《しぶき》を散らす。

ギターを弾きつつ、スタンドマイクに向かうように体を前傾させ、そして——

唄《うた》い始めた。


その瞬間に、俺は呑《の》まれる。

儚げなのに、力強いＪＵＮ《ジュン》の歌声。ＹＯＨＩＬＡ《ヨヒラ》らしく詞は抽象的で、複雑だったが、歌全体から伝わってくる潤奈の想《おも》いはシンプルだ。

『好き』

『好き好き好き』

『好き好き好き好き好き好き好き好き好き！』

数十億の雨粒が降り注ぐがごとく、強い想《おも》いが歌に込められ、叩《たた》きつけられてきた。

そこには曇天のような昏《くら》い憂鬱があり、暴風のような激情があり、雷鳴のような慟哭《どうこく》があったが、降りしきる雨のような想いは負けじと激しさを増す。

俺はただただ、それに打たれた。


「…………………」

歌が止《や》む。

気づけばあれほど激しかった雨はすっかり止んでおり、青空から降り注ぐ光がスポットライトのように潤奈《じゅんな》を照らし出していた。

濡《ぬ》れた世界が陽光を弾《はじ》き返《かえ》してきらめく光景は、息を呑《の》むほど美しい。

事実、俺は呼吸の仕方を忘れ、呆然《ぼうぜん》と見惚《みと》れている。眩《まぶ》しい世界の真ん中で、台風の眼《め》を見返して立つ潤奈の姿に。

「……詩暮《しぐれ》」

空から地上へ降り落ちる雨、その最初の一滴のような声音で、潤奈が呟《つぶや》いた。歌声とは違う、弱くか細い声を掻《か》き消《け》す雨音はない。だから——

「——潤奈っ！」

俺は彼女に応える形でようやく、その小さな背中に呼びかけることができた。

潤奈の肩がびくんっと跳ね、勢いよく振り返る。濡れた髪の先から雫《しずく》が散り、紫陽花《あじさい》色のインナーカラーが透けた。

「えっ……」

いつも眠たげな目が、こぼれんばかりに見開かれている。森の奥にひっそりとある湖のような瞳が、陽《ひ》の光を弾き返して揺れていた。

「い、いつからそこにっ⁉」

俺は答えず、慌てふためく潤奈の元に水溜《みずた》まりを踏みながら歩み寄っていく。

そして雨に濡れ、冷えきっている彼女の手を取ると、

「いいから。とりあえず、入れ！」

強引に引き、眩《まばゆ》い光が降り注いでいる屋上から扉の向こう、薄暗い闇の中へ潤奈を連れ込んだ——直後。

明るかった世界が翳《かげ》り、一瞬前まで俺たちがいたコンクリートを雨がけたたましく打ち鳴らし始めた。

彼女の歌に贈られる、万雷の拍手みたいに。

「じゃあな？　留守番は任せたぞ、濡《ぬ》れ鼠《ねずみ》ども」

着崩された白衣の裾をひるがえし、赤城《あかぎ》が保健室を出ていく。

最終下校時刻が近づく一七時半。俺たち以外の生徒は皆とっくに下校しており、教員も赤城が最後とのことだった。

校内の見回りと施錠確認のため、赤城が保健室を去ると、後には俺と潤奈《じゅんな》の二人だけが残される。暖房が効いた室内の空気は暖かく、湿っていた。

絶え間ない雨の音。雷は鎮まっている。

「…………………」

お互いしばらく会話はなかった。俺はパイプ椅子に座って読みかけの小説を読み、潤奈はベッドの縁に腰かけて、濡れたギターの応急処置をしている。

俺はワイシャツを脱ぎ、インナーのTシャツに制服のスラックスという格好だ。一方、潤奈は制服から学校指定のジャージに着替えていた。

胸元には『栗本《くりもと》』と記された名札が縫いつけられている。俺のジャージだった。

体育の授業で使用済みだが、他に着替えられる服もないので仕方なく貸している。汗臭かったりしないだろうか――

「くんくん」

――嗅ぐな。

「詩暮《しぐれ》の匂い……」

聞こえないふりをした。読書に集中しようとする。

「……浮気の臭い」

「どんな臭いだよっ⁉」

聞き逃せなかった。本を閉じツッコむ俺に、潤奈はギターの指板を拭きながら、

「私、見ちゃったんだよね」

と告げてくる。声音は乾ききっていた。

「昨日の帰り、詩暮が山田《やまだ》さんと帰ってるとこ。傘でよく見えなかったけど、楽しそうに喋《しゃべ》ってて……抱き合ったりもしてたよね？」

「だ、抱き合ってたって……不可抗力だよ。山田の傘が、風で飛ばされかけたから」

「分かってる」

潤奈が手を止める。うなだれたまま首を振り、

「……そんなの、分かってるよ。でもね、溢《あふ》れてきちゃったんだ。音が……感情が。洪水みたいに溢れ出てきて、止まらなかった。止められなかった、の……」

潤奈が両手で耳を押さえた。ヘッドホンはつけられていない。垂れ落ちた前髪が、目元に昏《くら》い影を生む。

「それでできたのが、あの曲――憂鬱の『憂』に愛情の『愛』で『憂&愛』」

潤奈《じゅんな》の声は無機質だ。死んだ木と冷たい金属で作られている、ギターのように。

「詩暮《しぐれ》がくれた綺麗《きれい》な音を歪《ひず》ませて、壊して……殺《あや》めて。私の中から溢《あふ》れ出《で》てきた醜い音を重ねてできた旋律に、汚い本音を書き殴った曲……ひどい曲だよ」

潤奈が口を歪《ゆが》めて嗤《わら》った。感情のない空虚な笑みだ。

俺は、屋上で聴いた潤奈の歌を思い出す。

大切なものに対する強い気持ちと、だからこそ覚えてしまう仄昏《ほのぐら》い感情。失うことへの恐怖、絶望。

眩《まばゆ》い光と濃い影が同時に存在しているような――そして最後は光が潰《つい》え、深い闇だけが残されてしまうような、悲観に満ちた内容だった。

「……『枯れる』ときの表現は、花によって違うんだ」

太ももに乗せたギターを撫《な》でながら、潤奈は滔々《とうとう》と語る。

「桜は散る、菊は舞う、梅はこぼれる、椿《つばき》は落ちる、牡丹《ぼたん》は崩れる。紫陽花《あじさい》は……しがみつく。茎にしっかりとくっついたまま、枯れていくからなんだって。ぴったりの表現だよね。未練がましい私にぴったり」

「潤奈……」

「YOHILA《ヨヒラ》が一度、枯れたのは」

空気が硬い弦のように張り、潤奈の声が震え出す。

「私が重すぎたから。音楽や、皆への想《おも》いが重すぎて……それを素直に曝《さら》け出しすぎて、バンドを潰しちゃったんだ。紫陽花の花びらみたいに、隠しておけばよかった本音を……ぶつけすぎて、壊れた。そして未《いま》だに執着してる」

無機質だった潤奈の声が、電気のような感情をまとい始めていた。弱々しい声が徐々に大きく、強く、熱を帯びていく。

「だからこれからはなるべく感情を抑えて、隠して、殺していこうと思ったの。潰して、壊しちゃわないように。音楽以外では……」

潤奈はいつも無表情で、無感情に思える。しかし決して感情がないわけでも、薄いわけでもなかった。むしろ濃く、強く、激しくて、重い。

だからこそ、押し込めているのだ。

他人を、自分を、傷つけないために。独りでい続けようとした——

「でも、無理だった」

ギターのボディに雫《しずく》が落ちる。

「……どう頑張っても滲《にじ》み出《で》ちゃうし、溢れ出しちゃう。大切なものへの気持ちは」

ぽたりぽたりと降る雨は、止《や》まない。

「吐けば汚すし、ぶつければ壊すし、よりかかれば押し潰す……分かってるのに抑えられない。音楽もそう。あんなありのままずぎる曲、聴かれたら、引かれることは分かってるのに……作らずにはいられなかった。できた瞬間、唄《うた》わずにはいられなかったんだ」

嵐の中、ギターを掻《か》き鳴らして唄《うた》う潤奈《じゅんな》の姿がよみがえる。それだけで、俺の心は雷に打たれたようにしびれた。

うつむかせていた顔を上げ、濡《ぬ》れた瞳で、潤奈が俺のことを見つめる。

「……引いたよね？」

止めどなく溢《あふ》れる涙が頬《ほお》を伝って、滴り落ちていった。

「嫌だよね？　あんな歌を作る、こんな昏《くら》くて重たい女……潰れて、枯れたＹＯＨＩＬＡ《ヨヒラ》の皆みたいに、きっと詩暮《しぐれ》もっ――」

「あのな」

叫びかける潤奈をさえぎって、俺は溜《た》め息《いき》を吐《つ》く。

「……今さら、何を言ってんだ？　俺をなんだと思ってる？」

立ち上がり、声を強めて、

「俺はＹＯＨＩＬＡの、ＪＵＮ《ジュン》のファンだぞ⁉」

と咆《ほ》えた。潤奈が目を丸くする。

「大ファンだっ！　それが歌を聴いて引くとか、あり得ない……最高だったよ。昏くて、重くて、醜悪で――なのに綺麗《きれい》で、引きずり込まれる。俺が惹《ひ》かれたＹＯＨＩＬＡの楽曲そのものだった！」

「詩暮……」

潤奈がまばたきをすると、瞳に溜まった涙がこぼれて一筋、赤らんだ頬を滑った。夢を見ているような表情で、潤奈が問いかけてくる。

「――いいの？　こんな……昏くて、重い女でも……」

「でも、じゃない」

俺は潤奈の目を見返したまましゃがみ込み、ギターの上に置かれた冷たい手を取ると、強く握った。夢ではないと教えるように。

「昏くて、重い――そんな潤奈だから、いいんだっ！」

「……っ!?」

俺の言葉を聞いた潤奈の顔が、真っ赤に染まる。俺は雨宿りの後、二人で歩いた夕暮れを思い起こしていた。

あのとき日和《ひよ》って、口にできなかった台詞《せりふ》。

自分の想《おも》いを、そして彼女の想いを分かっていながら受け止めきれる自信がなくて――彼女のことを変えてしまうことが恐《こわ》くて、押し込めた気持ちを。

今度こそ。嵐の中で叫んだ想いを、今一度。

「――潤奈」

彼女が歌で、教えてくれた想《おも》いに応えるように。

「俺は――」

伝えようとした、まさにその瞬間だった。

「――すまん、待たせた」

保健室の扉が音を立てて開き、赤城《あかぎ》が帰還する。

「……っ！」

俺は慌てて握りしめていた手を離し、潤奈《じゅんな》は「ぴゃっ⁉」と短い悲鳴を上げてひっくり返った。ひざの上に乗せられていたギターが床に落ち、音を立てて転がる。

「……？　どうした、お前たち」

眉をひそめる赤城に、俺は心の中で「タイミング！」とツッコんだ。

激しい雨音が埋める沈黙の中、潤奈がのっそり起き上がり、ギターを拾い上げながら、低く濁った声でぼやく。

「……。今この瞬間に湧き上がってきた感情と旋律で、また一曲書けるかも。とびっきり激しい曲がっ」


「最近ね、曲作りが行き詰まってたんだ」

雨音と、音楽に紛れる声で潤奈が呟《つぶや》いた。窓をけたたましく打つ雨が風に吹かれて溶け合い、街の灯《あか》りを取り込みながら虹色のマーブル模様を描く。

「毎日が眩《まぶ》しくて……昏《くら》い詞や曲が、うまく作れなくなってたの」

俺と潤奈は現在、赤城の車で自宅まで送り届けてもらっている最中だった。

電車は動いているのだが、潤奈が『ジャージで電車に乗るのは恥ずかしい』とか『これ以上、ギターを濡《ぬ》らしたくない』とか『詩暮《しぐれ》の実家の場所を知っておきたい』などと言い出したのだ。それに対し赤城は、

『……まぁいいが。雨森《あまもり》に万が一のことがあったら、私が耀《よう》に殺されるからな。ドライブがてら、送ってやるよ。雨森→栗本《くりもと》の順番でいいか？』

『だめです。詩暮→私の順番で送ってください。二人きりにはさせませんっ』

『はいはい』

と、あっさり了承。この大雨の中、わざわざ車を出してくれることになったのだった。

赤城いわく元々そうするつもりだったらしいが、つくづく面倒見がいい。

後部座席の会話に気づいた赤城が、オーディオディスプレイを操作し、さり気なく音楽のボリュームを引き上げる。

Ｐａｙ ｍｏｎｅｙ Ｔｏ ｍｙ Ｐａｉｎの『Ｒａｉｎ』——喪失の歌。

「……でもね、ふと思ったんだ。私は今幸せで、満たされているけど……それがもし失われたら、どうなっちゃうんだろうって。昔のことを思い出してた」

昔とは、YOHILA《ヨヒラ》から潤奈《じゅんな》以外のメンバーが抜けてしまったときだろう。

その欠落が、現在の潤奈とYOHILAの音楽を形作った。

「大切な存在が自分の中で大きくなればなるほど、失われたときできる傷も大きく、深くなる。そう考えたら、幸せが恐《こわ》くなった。眩《まぶ》しいだけじゃなくなった。光が強くなるほど濃さを増す、昏《くら》い影に気がついたから……また、作れるようになったの」

「……。そうか」

潤奈がスランプに陥っていたことは、赤城《あかぎ》から聞いている。

俺は自分のせいで潤奈が曲を作れなくなり、悪い変化をもたらしてしまうのではないかと怯《おび》えていたが、杞憂《きゆう》に過ぎなかったのかもしれない。

「うん。結局さ……変わっても、変わらないものはあるんだなぁって感じたよ。花の色が変わっても、紫陽花《あじさい》なのは変わらないみたいに。私が昏くて重いのは、きっと一生変わらない。けど、いいよね」

潤奈が身を寄せてきた。シートベルトを着けたまま、限界まで近く。密着し、頬《ほお》や体を擦り寄せる。

「詩暮《しぐれ》が『いい』って言ってくれたんだもん。これからはもうちょっと、遠慮しないで、自分の気持ちを表していこうかな」

そう言って笑う潤奈の表情は、普段よりも柔らかく、温かく、濃い感情で彩られているように思えた。声音も心なしか、甘い。

潤奈が『隠している』つもりだった気持ちは、これまででも充分すぎるほど滲《にじ》み出《だ》し、溢《あふ》れ出《で》ていた気がするが。

しなだれかかる温《ぬく》もりに、俺はどぎまぎしてしまう。

「じゅ、潤奈……なんでくっついてきた？」

「寒いから」

熱い吐息が耳にかかった。艶《つや》っぽく濡《ぬ》れた声音が、鼓膜を揺らす。

「温めて……？」

「はぁ？　暖房効いてるだろう。寒いなら、設定温度上げてもらえば——」

「いいよ、勝手に温まる。体も、心も」

潤奈が腕を回し、抱きついてきた。枯れても尚《なお》、茎にしがみつく紫陽花みたいに。

俺は固まる。バックミラー越しに赤城と視線が合ったが、ふっと目を細められてすぐに逸《そ》らされてしまった。ついでに車内の設定温度を下げられる。受け止めてやれ——と告げられた気分だ。

「詩暮」

回した腕に力を込めて、潤奈が身じろぎをした。

「——新曲、完成版を楽しみにしててね？」

唄《うた》うようにささやく。そして、俺が「……ああ」と応えるのを見ると穏やかに微笑《ほほえ》み、瞼《まぶた》を閉じた。

Outroduction　After the Rain

台風は夜の間に通過し、翌日は朝から雲一つない快晴だった。

アスファルトの水溜《みずた》まりが陽《ひ》の光を反射して、痛いほどに眼球を刺す。濡《ぬ》れた街路樹の葉は青々と萌《も》え、夏を薫《かお》らせていた。湿った空気は重たく、暑い。

そんな中、雨の後でグラウンドが使えず、朝練がないのは助かった。何せあの大雨だ、午後になっても乾ききらない可能性は充分にある。そうなることを期待していた。

午後練が短縮されるかなくなれば、お昼だけじゃなく放課後も、潤奈《じゅんな》に会えるから——いや、まだ曲は完成していないんだったか。

今朝早く、潤奈に送った『おはよう。今日は学校来るのか？』というＬＩＮＥには既読がついておらず、返信もない。俺は溜《つ》め息を吐き、スマホをポケットにしまうと、信号が青に変わった横断歩道を渡り始める。すると直後、

「栗本《くりもと》くん、おはよ！」

背後から明るい声がかけられた。柑橘系《かんきつけい》のさわやかな風が吹き、隣に並ぶ。

「おはよう、山田《やまだ》さん」

挨拶しながら顔を向ければ、太陽が地上に降りてきたような笑顔がすぐそこにある。

「今日めっちゃ暑いねー。夏！　って感じ」

「そういう君らも、めっちゃアツいねー？　青春！　って感じ」

反対側から軽薄な声。俺は横目を向け、尋ねた。

「陽次郎《ようじろう》……お前、朝練は？」

「ない。台風の後だからねぇ、さすがにね——っと、そんなに睨《にら》まないでくれるかな？　お邪魔虫はすぐ退散するから」

「消えるだけじゃなく、できれば死んで？」

陽次郎が肩をすくめて飄々《ひょうひょう》とのたまい、山田が真顔で毒を吐く。相変わらずな幼なじみのやり取りに、俺は苦笑し、

「とか言いながら、一緒に登校してきてるじゃん。お前ら、実は仲よしだろ？　喧嘩《けんか》するほど……」

「ないないないない」

「まじでないっ！」

リズムネタのようなテンポで返された。息ぴったりだ。

「家が隣で、たまたま出るタイミングが被《かぶ》っただけだよ。それ以上でも、以下でも」

「ないない！」

「僕と晴風《はるか》が仲よしなんて、そんなの……」

「ないないないない」

「「まじでないっ！」」

やっぱり息ぴったりじゃねーか――と、俺は呆《あき》れる。

すぐに退散すると言っていた陽次郎《ようじろう》はその後も結局ついてきて、二人に挟まれた俺は、学校に着くまで延々、仲がいいのか悪いのか分からない幼なじみの夫婦《めおと》漫才じみた口喧嘩《くちげんか》を聞かされ続ける羽目になった。

「てか栗本《くりもと》くん、今朝は遅いね。朝練ないとき、いつもはもっと早くない？」

昇降口でスニーカーから上履きに履き替えながら、山田《やまだ》がふと思い出したように訊《き》いてくる。俺は「……ああ」と瞼《まぶた》をこすり、答えた。

「昨日、あんまり眠れなくてさ。色々あって……」

「色々？」

「うん、色々。山田さんにはまた今度、機会があれば話すよ。二人のときに」

山田にだけ聞こえるようにささやく。陽次郎は既に上履きを履き終え、一足先に廊下を歩き出していた。俺の言葉で潤奈《じゆんな》に関することだと察したのだろう、山田が「……了解」とうなずいた。

「――あれぇ？」

と、三階への階段をのぼりきったところで陽次郎が足を止め、首を傾《かし》げる。

「なんだろう、あの人だかり」

廊下の奥に生徒たちが集まり、ざわめいているのが見えた。三階の突き当たり。位置的には、俺たち一年八組の真下に当たる。となると、一年四組か。

「気になるね。見に行ってみようじゃないか」

「あ……おい！」

止める間もなく、野次馬《やじうま》根性丸出しで、人だかりへ走り寄っていく陽次郎。俺と山田は顔を見合わせ、陽次郎の後に続いた。

廊下に充満する浮ついた空気からして、事故やトラブルではなさそうだったが。

「なぁなぁ、どの子？」

近づくにつれ、生徒たちの会話が耳に飛び込んでくる。

「あの子だよ。窓際最前列の席に座ってる――」

「あの子か！ ……やば、すげぇ可愛《かわぃ》い。この距離でも余裕で分かる美少女じゃんか」

騒いでいるのは、主に男子だ。なんだろう、女子の転入生でも来たんだろうか？

「おい、誰か声かけてこいよ」

「無理無理！ ヘッドホンしてるし。話しかけんなオーラやばない？」

「さっきクラスの女子が話しかけてるの見たけど、ほぼ無反応だったたんだよなぁ」

「あれ、ギター？ バンドやってるのかな」

「なんかね、今まで一回も登校してこなかった子らしいよ。それが今朝、いきなり教室に来たって」

「お？ 栗本じゃん。ちーす」

人だかりのそばまで来ると、陸上部の顔見知りが挨拶してきた。

「お前も『謎の美少女』見に来たん？」

「……ん。まぁ、そんなところ……っと、悪い。空けてくれ」

俺は適当に応じつつ人を掻《か》き分け、教室前方の入口から中を覗《のぞ》こうとする。

陽次郎《ようじろう》が呆然《ぼうぜん》と突っ立っていた。震える指で、奥を差す。

「詩暮《しぐれ》、あれ――」

窓際最前列の席に女の子が一人、ぽつんと腰かけていた。

黒髪のショートボブ。両耳は黒い無骨なヘッドホンで塞がれており、頬杖《ほおづえ》をつきながら眠たげな目で窓の外を眺めている。

人形のように精緻で、無機質な無表情。

開放された窓から風が吹き込み、髪を揺らした。青紫の、警告色じみた派手なインナーカラーが覗く。傍《かたわ》らには黒いソフトのギターケースと、紫陽花《あじさい》色の雨蛙《あまがえる》。

「――潤奈《じゅんな》？」

俺の声が聞こえたわけではないのだろうが、そのときちょうど、潤奈が教室前に集まる人々へ物憂げな流し目を寄越《よこ》し、

「……っ！」

俺と視線が合った瞬間、不機嫌そうに細められていた目を丸くする。がたんっと椅子を鳴らして立ち上がり、ヘッドホンを下ろすと、

「…………………」

表情を消し、早足に近づいてきた。

それまで彫像のようだった潤奈の唐突なアクションに生徒たちがどよめき、教室入口の人波がうごめく。俺も思わず後ずさるのだが、

「えいっ！」

「おわぁっ!?」

後ろの山田《やまだ》が、俺の背中を両手でどんっと押してきた。俺は大きくつんのめり、たたらを踏んで教室に入ってしまう。そこへ——

潤奈が、ひしっと抱きついてきた。

無言で。溺れる者が、投げ込まれた浮き輪に縋《すが》りつくように。

生徒たちの騒ぎ声がぴたりと止《や》み、静寂が訪れる。俺はごくりと唾を嚥下《えんげ》し、

「…………。え、えぇっと……潤奈？」

「し、詩暮ぇ……」

呼びかけると、潤奈が情けない声を出し、強く抱きついたまま涙目を向けてきた。氷のような無表情が溶け、ぐずぐずになる。

「あいたかったぁ」

ふやけきったその声は、周りにも届いたのだろう。静まり返っていた生徒たちの間に、波紋のような驚きと動揺が広がっていき、次の瞬間。

黄色い悲鳴や歓声、音圧を増したざわめきの嵐が、校内を吹き荒れた。

「大丈夫か？　泣きべそガール」

「……。大丈夫じゃない」

ベッドに寝転んだ潤奈《じゅんな》が、カーテンの隙間から射《さ》し込《こ》む眩《まぶ》しい光を腕でさえぎり、目元を覆いながら答える。声は、まだぐずついていた。俺は「だよな」と苦笑して、消毒液の匂いがする保健室の空気を吸い込んだ。嘆息をこぼす。

──あの後。俺と潤奈は事情を知らない生徒たちの視線やひそひそ話、質問の雨嵐から逃げ、保健室へと避難した。

扉の前では『赤鬼』の異名で恐れられる赤城《あかぎ》が仁王立ちして、追《お》い縋《すが》ってきた生徒たちの侵入を阻んでくれている。

そんな騒ぎもHRの開始を報《しら》せるチャイムが鳴ると鎮まり、引いていった。入口の扉が開き、やや疲れた様子の赤城が入ってくる。

「……ふぅ。まったく、朝からとんだ事件だ……まさか保健室登校の引きこもりが、普通に登校してくるとはな。どういう風の吹き回しだ、雨森《あまもり》？」

「………別に。なんとなく、です。そういう気分だったから」

潤奈の答えを聞いた赤城が「ほぉう」と薄く笑む。それから俺へと視線を向けて、

「栗本《くりもと》。お前、授業はどうする？」

「……正直休みたいですね。潤奈《じゆんな》ほどではありませんけど、俺も気疲れが」

「そうか。なら、遠慮なく休んでいけ」

言うなり白衣をひるがえし、赤城《あかぎ》が再び扉へ向かう。

「二人で、ゆっくり……な。私は少々留守にする」

何かあったら連絡しろ――と告げ、保健室を出ていった。後には、俺と潤奈の二人だけが残される。気を遣ってくれたのだろうか。

扉が閉められ、遠ざかっていく足音が聞こえなくなると、まるでここだけ世界から切り離されたような静けさが訪れる。

校内の喧噪《けんそう》も、雨の音も今はない。

「……私が登校したのはね」

ふいに、ぽとりと頬《ほお》に降り落ちてきた雨のような声で、潤奈が呟《つぶや》いた。

「変わらなきゃって思ったからなんだ」

腕はどけられ、澄んだ瞳が俺を見ている。細められた目は眠たげというより眩《まぶ》しげで、黒に隠れた紫陽花《あじさい》色の髪が陽《ひ》の光に透けていた。

「自分自身の中にある、変わらないもの――それをきちんと感じるためにも、変わりたいって」

潤奈が体を起こす。傍《かたわ》らの椅子に座った俺と目線の高さを合わせて涙ぐみ、

「今朝の登校はその第一歩目で、詩暮《しぐれ》や先生、皆をびっくりさせてあげようと思ってたんだけど……あんな大事《おおごと》になるなんて。私が教室に入った瞬間、ヘッドホン越しにも分かるくらい激しく空気が揺れて……うぅ……無理、あれは無理」

「一発目でそれはきついな……けど、潤奈みたいな可愛《かわい》い子が突然登校してきたら、騒がれるのも当然だと思う」

「可愛い子……」

「少しずつ、変わっていけばいい」

ためらうが、意を決して手を伸ばし、潤奈の頭に手を置いた。シルクのような手触りの滑らかな髪を撫《な》でながら言う。

「俺も力を貸すからさ」

「……。うん」

潤奈が顔をほころばせ、くすぐったそうに微笑《ほほえ》んだ。

しかし俺が頭から手を離した瞬間「……ぁ」と表情を曇らせ、唇をすぼめる。それから俺をじぃっと見つめ、問いかけてきた。

「詩暮。あのとき、なんて言おうとしたの？　台風のとき……先生が戻ってくる前」

『――潤奈』

『俺は――』

「…………………。また、そのうち言うよ」

たっぷりと間を置いた後、目を逸《そ》らして、俺は答えをはぐらかす。

潤奈《じゅんな》が「えー」と不満げな声を上げ、身を乗り出して、回り込むように瞳を覗《のぞ》き込《こ》んできた。今度はしっかり目を見て告げる。

「少しずつって言っただろ？」

潤奈が変わりたがっているように、俺の中にも変わりたい気持ちはあった。ただ、同時に変わってしまうことへの不安や恐怖があるのもやはり事実だ。

だから少しずつ変わりたい。晴れから曇りへ、曇りから雨へとめまぐるしく変わる天気ではなく、梅雨から夏へ――色や匂いを変えながら、ゆっくり移ろう季節のように。

「……ん。分かった」

潤奈が身を引き、相好を崩す。

「一緒に変わっていこうね、詩暮《しぐれ》」

「ああ」

潤奈が浮かべる満面の笑みを見て、俺は彼女にもっと笑ってほしいと感じる反面、これまで通り無愛想なまま、俺にだけこういう表情を見せてほしいとも思った。

雨が降った後にだけ見られる、虹みたく。

特別な存在でありたい。

「……今日、雨降らないかな」

雲も雨の気配もない青空に目を向けて、呟《つぶや》く。俺と潤奈はもう当初のように、雨が降らなければ会えない関係ではない。

それでも――

「詩暮、雨は好き？」

「もちろん」

きっぱりと、俺は答えた。

「――大好きだ」

あとがき

どうも。水城水城《みずしろみずき》です。

『雨森潤奈《あまもりじゆんな》は湿度が高い』をお届けしました。


――湿度が高いって何？

タイトルを見て、そう疑問に思った方もいらっしゃることでしょう。

私自身、本作を書き始めるまで知りませんでした。

というのも『湿度が高いヒロインとのラブコメ』は、担当編集の方に挙げていただいた企画コンセプトだからです。


正直、最初はピンと来ませんでした。

何を以《もっ》て『湿度が高い』というのか、明確な定義が存在していないからです。単に愛情深いだけなのか、ヤンデレなどとどう違うのか、よく分かりませんでした。

ですが、今なら分かります。

『湿度が高いヒロイン』とは、ずばり――

雨森潤奈のことである。

……既に本編を読み終えた方には、なんとなくでも伝わっていますかね？

まだ未読で『湿度が高いヒロイン』なるものに興味を持たれた方は是非、本作を読み、感じてください。彼女の湿度を。

また、作中には実在するバンドやミュージシャン、楽曲の名が多数登場しています。知らなくても楽しめるよう書いてはいますが、知れば一層楽しめるかと思いますので、そちらも是非是非。


ここから謝辞に移ります。

半年ほど前、水城にお声がけくださり、作品の基となる概念を提示してくださった担当編集のAさま。慌ただしいスケジュールの中、魅力的なイラストで作品を彩り、潤奈たちキャラクターに貌《かたち》を与えてくださったイラストレーターの潮崎《しおざき》しのさま。センスしかないデザイナーさま。校正の方、出版社各部署の方々にも感謝を。ありがとうございました。

そして何より、この文章を読んでくださっている読者さま。デビューから一〇年余り、自分が作家を続けられているのは皆さまのおかげです。ありがとうございます。

次はなるべく近いうちに。

作品がシリーズとして続くためにも、応援よろしくお願いいたします。

MF文庫J

雨森潤奈は湿度が高い

2025年 2月 25日　初版発行

著者　水城水城

発行者　山下直久

発行　株式会社 KADOKAWA
〒102-8177 東京都千代田区富士見 2-13-3
0570-002-301（ナビダイヤル）

印刷　株式会社広済堂ネクスト

製本　株式会社広済堂ネクスト

Printed in Japan　ISBN 978-4-04-684552-8 C0193

◇◇◇

※この小説はフィクションです。実在の人物・団体・地名等とは一切関係ありません。

【 ファンレター、作品のご感想をお待ちしています 】
〒102-0071 東京都千代田区富士見2-13-12
株式会社KADOKAWA　MF文庫J編集部気付「水城水城先生」係　「潮崎しの先生」係